庶務行員

多《た》加《か》賀《が》主水《もんど》の凍《い》てつく夜

江上 剛

祥伝社文庫

目次

プロローグ

二〇〇八年十二月某日、夕刻――。

高田《たかだ》通り商店街は年末を迎え、多くの買い物客で賑《にぎ》わっていた。

もういくつ寝るとお正月……軽やかなメロディが商店街に流れる。各店舗の入口には立派な門松《かどまつ》が立てられ、正月ムードを盛り上げていた。

へい、カズノコのいいのが入っているよ。タコに伊勢《いせ》エビ、正月が待てなきゃ今夜のおかずにマグロはいかが。

おせちづくりが苦手な人は、うちの材料を使えば美味《おい》しく作れるよ。ごまめに黒豆、栗きんとん、なんでも揃《そろ》うよ。

正月はこたつでミカンだ。甘くて美味しい。さあ、買った、買った……。

商店主たちの呼びかける声が、通りの賑わいを一層、活気づける。

一人の少年が母親と並んで人混みに揉まれながら歩いていた。

今夜は贅沢《ぜいたく》にケーキを買おうかな。

母親が言う。

ほんと！　ケーキ買うの？

少年の顔がほころんだ。

ちょっとボーナスが入ったからね。

母親が得意そうに言う。

やったね。ケーキ屋さんにレッツゴー！

少年が足を速めた時、その顔に冷たいものが当たった。

あっ、雪だ。

少年は立ち止まって空を見上げた。

どんよりと重い雲に覆《おお》われた冬の空は、徐々に夜の気配を深めていた。雲は、灰色から墨色に変わりつつある。

本当ね。雪だわ。

母親も息子に倣《なら》って空を仰《あお》いだ。二人の額《ひたい》にきらきらと輝く雪片が降りかかり、肌に触れたそばから体温でたちまち溶けてしまう。

寒くない？

母親が少年に訊《き》く。

大丈夫だよ。

少年は掌《てのひら》を上に向け、落ちてくる雪片を受け止めようとした。

すみません、すみません。

その時、人混みを右に左に泳ぐようにかき分けて走ってきた若い男が、少年に背後からぶつかった。突き飛ばされた少年が、前方へ倒れそうになる。

何をするの！

母親が慌《あわ》てて息子を抱きかかえた。そして若い男を険《けわ》しい表情で睨《にら》みつける。

すみません。急いでいまして。

若い男は頭を下げた。おどおどと何かに怯《おび》えたような顔をしている。真面目《まじめ》そうな印象だ。

混んでいるんだから、走ったりしないで。

母親は厳しく注意をした。

ごめんね、痛かったかい？

若い男はその場に屈《かが》んで、視線の高さを合わせて少年を覗《のぞ》き込んだ。

大丈夫です。僕もこんなところで立ち止まって空を見ていたから……。

少年が言った。

空？

若い男は、暗くなってきた空を見上げた。

雪が降っているんです。

雪か……。

若い男の頬《ほお》にも雪片が舞い落ち、溶けた。それは涙のようで、商店街のイルミネーションを反射して七色に輝いた。

若い男は、目もとを拭《ぬぐ》った。

このお兄さん、泣いてるんじゃないか――と少年は思った。

若い男は、少年の母親に向かってもう一度「すみませんでした」と頭を下げると、少年の頭を撫《な》でて笑みを浮かべ、

――正しい大人になるんだよ。

と呟《つぶや》いた。

そして、なにかを少年の手に渡すと、再び急ぎ足で人の波にのまれ、消えてしまった。

いま、何か言われたの？

母親が訊いた。

正しい大人になるんだよって。

ふーん？　変わったことを言うんだね。

これ。

少年は、母親に手を差し出した。

それ、なあに？

少年の手には、きらりと光るものがあった。

さっきのお兄さんがくれたんだ。

少年が母親に渡したそれは、社章だった。会社員がスーツの襟穴《えりあな》につけて自分の所属を明らかにする、直径一センチほどの円形のねじ式バッジである。その社章はどうやら数字の「7」をアレンジしたデザインのようだった。

大事なものだったら……困ったわね。

母親は眉根《まゆね》を寄せた。

彼女の亡《な》くなった夫は会社員だった。夫も、スーツの襟に社章をつけていた。「これを失くすと始末書を書かねばならないんだよ」と話していたような覚えがある。

しかし、いったいどこの会社の社章なのか、彼女に見覚えはなかった。なぜ青年は、息子にこれを渡したのか？　ぶつかったお詫《わ》びのつもりなのだろうか？

彼女はいろいろと考えを巡らせたが、正月用食材の買い物がまだ済んでいないことに思い至った。日が落ちきって、随分寒くなってきた。早く買い物を終えたい。

母親は、社章を息子に返した。見ず知らずの息子に渡したということは、不要なものなのだろう。深く考える必要はなさそうだ……。

大事に持ってなさい。

うん。

少年は社章をポケットにしまった。

ケーキはなにがいい？

母親が訊いた。

イチゴのショートケーキ！

少年は笑顔で答えた。

急ぎましょう。売り切れたら大変だから。

返事を聞いた少年は、自《みずか》ら母親の手を引き、人混みにもまれながら、足取り軽くケーキ屋へと向かった。

＊

翌朝――。

高田通り商店街のはずれに、旧日本郵政公社所有のホールがあった。かつては結婚式などに使用されていたが、今では閉鎖され立ち入り禁止になっている。

近所に住む会社員の大道徹《おおみちとおる》は、散歩の途中、連れていた柴犬があまりに吠えるので不審に思った。昨夜から降り続いた雪のため、ホールの屋根も敷地も、すっかり白く染まっている。

どうした？

柴犬に引っ張られるまま、大道は立ち入り禁止の看板が括《くく》りつけられたフェンスに近づく。

そこだけ奇妙に雪が積もり、盛り上がっていた。

柴犬がいっそう激しく吠え、雪の膨《ふく》らみを前足で忙《せわ》しく掻《か》いた。大道はおそるおそる近づく。

ぎゃあ！

大道は悲鳴を上げた。取り落としそうになった柴犬のリードを、慌てて引っぱる。
柴犬が掻き分けた雪の中から、スーツ姿の男性の顔の一部が覗いていた。

第一章　コールド・ケース

1

多加賀主水《たかがもんど》はいそいそと高田通り商店街を歩いていた。急いでも急ぎ足りない気分だった。

銀行が休みの日曜日なのになぜ急いでいるかといえば、あることを実行するためだった。

自分でも情けないほどぐだらないのだが、主水はどうしてもタンメンを食べたかったのだ。今日こそ食べようと決めていた。それがようやく叶うのだ。

商店街のはずれに、カウンター席が七つだけの小さな中華そば屋「初音《はつね》」はあった。そこのタンメンが絶妙な味わいなのだ。月に一回は食べないと気が済まないほど、主水は気に入っていた。

漢字で「湯麵」と書くタンメンは、ラーメンとは違う。特に「初音」のタンメ

ンは、鶏ガラから取った澄み切った透明なスープに細い麺《めん》がたっぷりと入ってい
て、その上にキャベツやもやしなどが載っている、シンプルながらも奥の深い逸
品だ。
　塩味のスープはついつい最後の一滴まで飲み干してしまいたくなる、上品な美
味《うま》さ。麺を覆《おお》う野菜は、最後の一口までシャキシャキとした食感が残るくらいの
絶妙な茹で具合……。考えただけで主水はゴロゴロと喉《のど》を鳴らし、飢えた猫状態
になってしまうのだ。
「おお、ラッキー」
　店の前には、客が一人並んでいるだけだった。これが平日の昼だと、少なくと
も十人はずらりと並んでいる。麺が売り切れると同時にその日は店じまいとなっ
てしまうので、みんなどうしても早めに来て、並んで待ちたくなるのが人情とい
うものだ。しかし第七明和《だいななめいわ》銀行高田通り支店で庶務行員《しょむこういん》――早い話が雑用係を務
める主水には、悠長に並んでいる時間はあまりない。
　だから主水はいつも会社員の姿が少ない日曜日の、混雑する昼の時間帯を避け
て「初音」に来るのだった。
「初音」の隣には、十階建てのビルが建っていた。高田町ファーストビルディン

グだ。低層の建物が多い高田町では、ランドマークのひとつとなっている。

ビルの所有者は地元の不動産会社如月《きさらぎ》不動産だと言われているが、主水はさほど詳しく知っているわけではなかった。ただ「ファースト」はあるのに「セカンド」がないのは不思議だと、なんとなく気にはなっていた。

全面ガラス張りの美しいビルである。

あれ？

列に並びながら、主水は首を傾《かし》げた。ビルの脇に、見慣れぬ小さな祠《ほこら》がある。今まで何度も通っているのに、そこに祠があることには全く気づかなかった。イチイの木の植え込みが遮《さえぎ》っていたせいもあるだろう。

その祠の前で、熱心に手を合わせている若者がいた。稲荷《いなり》でも祀《まつ》ってあるのだろうか。稲荷といえば、この町にはご利益《りやく》抜群の高田町稲荷がある。もしかすると、その分社なのかもしれない。

「おお、主水ちゃん。あんたもここのタンメンのファアンなのかね」

地元の顔役、大家万吉《おおやまんきち》が主水の後ろに並んだ。

「あらら、大家さん、日曜日の昼にタンメンですか」

主水が笑って応じた。

「そういう主水ちゃんもね」

大家が白い歯を覗《のぞ》かせた。

その時、祠に手を合わせていた若者が立ち上がった。主水と視線が合う。若者は、軽く会釈《えしゃく》をした。主水も会釈を返す。

知っている顔ではなかった。偶然に目が合ったから、お互い、会釈を交わしただけだ。

若者が主水の脇を通り過ぎようとした。きちんとした紺のスーツを着ているところを見ると、会社員のようだ。

「おや、隆司《りゅうじ》君じゃないか」その時、大家が若者に声をかけた。「久しぶりだね」

「大家さん、お久しぶりです」

隆司と呼ばれた若者は、さわやかで気持ちの良い笑顔を大家に向けた。

「お知り合いですか?」

主水が大家に訊《き》いた。

「北林《きたばやし》隆司君だ。近所に住んでいるんだよ。会社はこのファーストビルを所有している如月不動産だったね、隆司君」

「はい。今日は日曜日ですが、管理しているアパートやマンションの状況を調査しにきていたんです。それでは失礼します」

隆司は軽く頭を下げ、去っていった。

「いい青年のようですね」

隆司の背を見送りながら、主水は言った。

「いい子だよ。母子家庭でね、苦労していたけど、真面目《まじめ》な大人になったね。母親は、今もビル清掃の仕事をしているんだよ」

大家が言った。

「ところで、隆司君が拝んでいたあの祠には何が祀ってあるんですか？」

主水は、イチイの木の陰《かげ》になった祠を指さした。すると大家の表情が曇《くも》った。

なにやら嫌な記憶を呼び戻したようだ。

「人が亡くなったんだよ、あそこで。殺されたんだ」

「えっ！」主水は驚いた。

大家は上目遣いになり、記憶を辿《たど》って話し始めた。

「あれは十二年前だったかね……」

十二年前――二〇〇八年十二月の暮れ、雪の降った日のことだった。

散歩中の人が、雪に埋もれた遺体を発見した。殺されたのは、旧第七銀行高田通り支店の行員、沼田信吾《ぬまたしんご》である。刺殺だった。心臓を一突き。犯人はいまだに捕まっておらず、捜査は迷宮入りしたままだ。

「旧第七の行員が殺されたのですか！」

主水は目を瞠《みは》った。旧第七銀行といえば、第七明和銀行の前身である。

「面識はなかったが、仕事熱心な行員だったらしいね。なぜ殺されたかは分かっていない。まだ犯人も捕まっていないんだよ」大家は眉根《まゆね》を寄せた。「おっ、主水ちゃん、席が空いたよ」

「ちょうど二人が出ていきましたね。一緒に入りましょう」主水は大家を誘った。「ところで、あの祠の中は?」

「あれは殺された行員さんの霊を慰めるために、地元の有志が作ったんだよ。中にはお地蔵さまが安置されている。隆司君は何か願い事があってお参りしていたのかね」

主水が先を譲り、大家が「初音」の暖簾《のれん》を潜る。続いて店に入ろうとしたところで、主水の脳裏には、祠に向かって熱心に手を合わせている隆司の姿が浮かんできた。

「主水ちゃんは、大盛りを頼むかね」

席に座るなり、大家が訊いた。

「いつもはそうなんですが、今日は木村《きむら》刑事と飲む約束がありまして……。大盛りはちょっときついかと思うんです」

主水は残念そうに目を伏せた。

「木村君かね。よろしく言っておいてくれ」そう言うと、大家はカウンターの内側にいる店主に向かって声を張った。「タンメン大盛りを頼みます」

八十歳を優に超えているのに、その食欲の旺盛《おうせい》さに、主水は呆《あき》れた。

2

「どうした？　主水ちゃん、食欲ないね」

高田署の刑事木村健《けん》が、心配そうに主水の顔を覗き込んだ。

スーツの輪郭線からでも筋肉の隆起が想像できるほど体格が良く、頭は丸刈りで、眉を細く剃《そ》っていて鋭い目。耳は柔道の寝技のせいでつぶれている。どう見ても強面《こわもて》で、あまり近づきたくない雰囲気の男だ。

ところが、その心根はいたって優しい。道路に蟻《あり》が行列を作っていると、そこを跳んで避けるようなところがあるのだ。

今夜、主水と木村が酒を酌《く》み交わしているのは、高田通り商店街にある焼き鳥屋だった。奥久慈軍鶏《おくくじしゃも》の焼き鳥が名物で、抜群に美味い。木村の表現を借りれば「よく走り込んでいる」軍鶏なのだ。

先ほどから木村の串はどんどん増えているのだが、主水のは止まったままだった。

「結構、腹に来ていましてね」

主水が苦しげな顔をした。

「調子悪いの？」

木村がグラスのビールを一気に空ける。

「いや、そうじゃないんです。この先のファーストビルの傍《そば》に、タンメンの美味い『初音』があるでしょう？」

「あるねぇ。美味いねぇ。あそこのタンメンは」

木村は、砂肝《すなぎも》を咥《くわ》えた。

「今日の昼に食べにいったら、大家さんに会いましてね」

「それで」

木村は興味を覚えたのか、砂肝に集中していた顔を主水に向ける。目の前に圧倒的な威圧感を放つ木村の顔が迫り、主水はわずかに体を引いた。

「大家さん、確か八十歳を幾つか過ぎているでしょう。それなのに大盛りを頼んだのですよ」

「そりゃ凄《すご》いね。あそこの大盛り、結構、量があるぜ」

「そうでしょう。でね、私も負けじと大盛りを頼んだってわけですよ」

主水が眉根を寄せた。

「八十過ぎの爺《じい》さんに張り合ったんだ」

木村がにやりと笑った。主水は弱りきった目で木村を見つめた。

「大家さんは平気の平左《へいざ》でペロリと平らげたのですが、私はもう、息も絶え絶えで……」

主水は情けなくも腹を押さえた。

「ははん……、そういうこと。まだ腹の中にタンメンが詰まっているわけだ」

木村が笑った。

「そういうことです」

主水は、グラスのビールに口をつけた。

「まあゆっくりやろう」木村は言い、「皮二本にハツ二本」と店の主人に注文した。

「ところで木村さん、ちょっと訊きたいことがあるんですが、いいですか」

主水はハイボールを注文した。腹がさらに膨れるが、それでもすっきりするためには炭酸系のアルコールがいいと考えたのだ。

「なんでも訊いてよ」

「ファーストビルの脇に祠があって、お地蔵さまがお祀りしてあるでしょう」

「確か、あったね」

木村は上目遣いになり、主水の言う祠の場所を思い出そうとしているようだ。

「あれは、殺された旧第七銀行の沼田信吾という行員の霊を鎮《しず》めるためのものなんですって。どんな事件だったのですか？」

「ああ、あの事件か……」

木村は、鶏皮の串を大口開けて咥えた。

「俺が高田署に赴任《ふにん》する前、二〇〇八年の暮れに起こった事件なんだが……」木村は話し始めたが、大家から聞いた以上の情報は得られなかった。「犯人はいまだに捕まっていない。未解決事件、いわゆるコールド・ケースというわけだ」

木村の顔が歪《ゆが》んだ。未解決事件であることが悔しいのだろう。

「どうして捜査は行き詰まったのですか」

主水は訊いた。

「詳しいことは聞いてないが、あの土地絡《がら》みで怪しい人間はいたらしい。しかしもう一つ、決め手に欠けたんだな」

「あの土地とは？」

主水は首を傾げた。

「沼田が殺された場所には旧日本郵政公社の建物があった。当時は既に民営化されて日本郵政という会社になっていたけどな」

「その土地絡みの事件なのですか」

主水は、ハイボールを飲むのを忘れて木村の話に関心を向けた。

「あの頃、あの土地にあった旧日本郵政公社の建物は、なんにも利用されずに廃《はい》墟《きょ》になっていた。あの公社は金があったから、かんぽの宿なんかを建てまくっていた。巨額の金を注《つ》ぎ込んでいたんだ。それがバブル崩壊で利用されなくなり、全国で廃墟になった。あの土地にあったのもその一つ。それが二束三文《にそくさんもん》で叩き売られるということで、欲望をぎらつかせた有象無象《うぞうむぞう》が蠢《うごめ》いた。その中に沼田は入り込んで、トラブルになったと言われている。しかしあの土地に群がったのは、皆、一筋縄ではいかん連中だ。いまだに解決できていないのには、それなりの理由があるわけさ」

語り終えた木村は、グラスに残っていたビールを飲み干した。

「遺体は雪に埋もれていたとか聞きましたが……」

「事件前日の夕刻から本格的に降り出したんだ。沼田の遺体はすっかり雪の中さ。そのため、被害者本人や犯人と思われる人物の足跡などもすっかり雪に消されていたんだ」

「雪が犯人に味方したってわけですね」

「悲鳴を聞いた人もいない。雪は音を吸収するからね」

「目ぼしい証拠が集まらず捜査の方向性が定まらなかったのでしょうかね」主水はハイボールを飲んだ。炭酸の刺激が喉を通過して胃に収まると、焼き鳥の串を食べるだけの余裕が生まれた。「私も皮二本ください」

「おお、ようやくピッチが上がってきたな」

木村が喜んだ。

「少し胃に空きができてきたみたいです」

主水は弱々しげな笑みを浮かべた。

「まあ、なんと言うかな」木村は空いたグラスに自らビールを注いだ。「殺人事件で未解決というのは高田署の恥ではあるな」

「捜査本部はまだあるんですか?」

「形だけはね」木村は、ぐいっとビールを飲む。「しかし開店休業……否《いな》、実質は閉店かな」

「実質閉店ね……」

主水は、鶏皮をくいっと噛《か》んだ。じわっと脂が染み出し、甘みが口中に広がる。

「あのぅ」その時、背後から声をかけられ、主水は振り向いた。「多加賀主水さんでしょうか? 第七明和銀行の、庶務行員さんの」

主水の背後に、若い男が立っていた。どこかで見た覚えがあったが、主水はすぐには思い出せなかった。

「はい、私が多加賀主水ですが」

主水は、食べかけの鶏皮の串を手に持ったまま答えた。

「この人が、高田町の人気者、多加賀主水様ですよ」

木村がからかうように言った。

「すみません。お楽しみの最中にお邪魔して……」

若者は神妙な顔つきで頭を下げた。

さわやかで清潔な印象だった。毎日の風呂ではボディソープではなく牛乳石鹸《せっけん》を使っているような柔らかさ、優しさのオーラを放っている。

「なにか私に用でしょうか?」

主水は返事をしながら、この若者とどこで会ったのだろうかと必死で記憶を辿っていた。

「ご相談がありまして……。今夜、主水さんはこの店にいるはずだからって、大家万吉さんに言われまして。刑事の木村さんと一緒に飲んでいるはずだって」若者が木村を見た。突然、自分の名前を出されて焦《あせ》ったのか、木村は大きな咳《せき》ばらいをした。

「あっ、そうだ」主水は若者を指さして声を張り上げた。「今日『初音』の前で会った!」

「思い出してくださいましたか」若者は嬉《うれ》しそうに破顔した。「北林隆司といいます。ここ、座っていいですか」

「いいですよ。どうぞ」主水は隣の席を手で指し示した。「何か飲みますか?」

「ありがとうございます。私、飲めないんで……水をいただけますか?」

隆司は申し訳なさそうに言った。未成年かどうかは分からないが、見た目には幼さがある。

主水は、水の入ったグラスを主人から受け取り、隆司の前に置いた。

隆司は、緊張をほぐすためなのかグラスを摑《つか》むと、一気に水を飲み干した。

「相談というのは、これなんです」

グラスを置いた隆司は、主水の前に手を差し出した。その上に何かが載っている。

「これは?」

「社章ですね」

隆司が答えた。

「それは旧第七銀行の社章だな」木村が隆司の手の上を覗き込んで、口を挟んだ。「銀行だから行章と言うのかもしれんがね」

「そうです」隆司の表情が明るくなった。「これは、今は合併して第七明和銀行になった、旧第七銀行の行章なんです」

「これがどうかしたのですか？」

主水は行章をつまみ上げた。

本物の金ではなくメッキだろうと思うが、金色の基盤の上に算用数字の「7」を象《かたど》った七宝焼《しっぽうや》きが載っている。花のように華やかな装飾を施した、円形の行章だ。直径は一センチほどだろうか。

「実は……」

にわかに隆司の顔が真剣さを帯びた。

3

「その行章は、殺された沼田信吾さんのものだったのですか？」

生野香織《しょうのかおり》が驚きに目を丸くしながらも、スパゲッティナポリタンをフォークで器用にまとめて口に運んだ。

食堂は、昼食をとる行員たちで賑《にぎ》わっていた。昼の休憩は交代制だが、主水のテーブルには、休憩時間が重なった香織と事務課長の難波俊樹《なんばとしき》がつどっていた。

「これなんですけどね」

主水は、隆司から預かった行章をテーブルに置いた。

「懐かしいですね」

難波が目を細めた。

「かつては課長もこれを持っていたんですね」

主水が訊いた。

「勿論《もちろん》。第七銀行が明和銀行と合併したのは二〇一六年ですからね。それまで私のスーツの襟《えり》にはこの行章が燦然《さんぜん》と輝いていました」

難波が胸をそらした。

「香織さんは？」

主水は訊いた。

「私たち一般職の女子行員は安全ピンで留める簡易式のバッジだったのです。同じようなデザインですけど、丸じゃなくて四角いんです。今と同じです」

香織は、制服の胸につけられたバッジを指さした。

「これは失《な》くすと始末書を提出しないといけないほど大事なものなのですが、それを、たまたまぶつかった北林少年に渡したというのですか？」

ちょっと理解できないといった表情で、難波が眉根を寄せ、うどんをすった。今日は難波の大好物であるおかめうどんのようだ。おかめうどんは、かまぼこやシイタケ、青菜、玉子焼きなどを使ってどんぶりの中におかめの顔を描いたので、この名前がついたのだという。

「北林さんは、その日のことが非常に強く印象に残っているそうなんです」

主水は、カツカレーのカツを器用にスプーンに載せ、口に運んだ。カレーに覆われていても、揚げたての衣《ころも》はサクサクと歯触りがいい。

「北林さんに聞いた話では……」

カツを一切れ食べ終えたところで主水はいったんスプーンを置いて、話し始めた。

当時十歳だった隆司は、母親と二人暮らし。父親とは二〇〇五年に死別していた。家は貧しく、学校の給食費の支払いにも困窮《こんきゅう》する状態だった。

二〇〇八年十二月の終わり、母親と二人で、正月の買い物をするために高田通り商店街を歩いていた。正月用の食材といっても貧しい暮らしの中で、たいしたものは買えない。しかし母親が珍しく「ケーキを買ってあげる」と言ってくれたので、とても嬉しかった……。

「泣けてきますね」

涙もろい難波が、主水の話を聞きながら目頭を拭《ぬぐ》った。

――ケーキ屋に向かう途中、若い男が後ろからぶつかってきた。

ただ、若い男が一方的に悪いわけではなかった。降り出した雪を見上げて、隆司がその場に立ち止まったせいでもあった。

それでも男は、隆司と母親にしきりに謝罪した。

幼い隆司の目にも、その男が焦っていて、何かに怯《おび》えているように見えたという。

香織も難波も、いつしか食事を忘れて主水の話に引き込まれていた。

「……若い男は、北林さんにこの行章を手渡して、こう言ったんだそうです。『正しい大人になるんだよ』と」

主水は、香織と難波の反応を窺《うかが》うように二人を見つめた。

香織は難波と顔を見合わせた。

「いったいどういう意味なのかしら」

「あまりに真剣な顔で言われたものだから、幼い北林さんの心の奥深くに、その言葉は沁《し》み込んだそうなんです。以来、父親がいないことで虐《いじ》められたり揶揄《からか》われたりしても、この言葉を思い出して泣きごと一つこぼさずに頑張《がんば》れたと。見ず知らずの男のことを恩人とまで言っています」

主水が言った。

「ああ、なんていい話だろう」難波は、また目頭を拭った。「ちょっと待ってくださいね、主水さん。うどん食べ終えてしまいますから」

難波は急いで残りのうどんをすすり、汁まで残らず飲み干して「ああっ」と満足そうなため息を吐《つ》いた。

「もう、難波課長！　そのため息は歳を取った証拠ですってよ」

香織が顔をしかめた。香織もスパゲッティナポリタンを食べ終えたところだ。

「北林さんは、その時に出会った若い男が、殺された沼田さんではないかと考えているんです。男の顔をはっきりと覚えているわけではありません。しかし、あの祠の存在を地元の大家万吉さんたちから聞いて、間違いないと確信したそうなんですね」

主水の話を聞き、香織が頷《うなず》いた。

「日付や状況、そして第七銀行の行章などから確信したわけですね」

「少年の人生に良い影響を与えるなんて、沼田さんはいいことをしたんですね」

難波は感心したように腕組みをした。

「難波課長は当時、どちらにおられたのですか？」

主水が訊いた。

「私は本部の事務部にいました。そういえば、事件の噂《うわさ》は聞こえてきましたね。みんな恐ろしいねって話していました。バブルが崩壊した頃にはお客様とのトラブルでうちの行員が暴漢に襲われるという事例もありましたから、沼田さんはどんなトラブルがあったんだろうって……」

難波は、今度は打って変わって悲しい表情になった。

「でもね、この支店に来てから、何度か沼田さんの話を口にしたことがあるんですが、誰も何も答えなかったんですよね。忘れられたのか、それともタブーになっているのか？」

「しかしですよ」香織が訝《いぶか》しげな顔をする。「北林さんにぶつかったその若い男はなぜ第七銀行の行章を見知らぬ少年に手渡して、そんな教訓めいた不思議な言葉を残したんでしょう？」

「そりゃあ」難波は、せっかくの感動に水を差さないで欲しいと言わんばかりに苦い顔をした。「言わないといけない事情があったんでしょうね」

「その事情とは何か？　それが問題だ」

香織は、探偵の真似事でもするように顎《あご》に手を当て、首を傾げた。

主水は二人が話し合っている間に、忙しくスプーンを動かし、ようやくカツカレーを食べ終えた。

「沼田さんが遺体で見つかったのは、北林さんが若い男とぶつかった日の翌朝なんです」主水が紙ナプキンで口元を拭きながら言った。「遺体は、今の高田町ファーストビルディングの祠のあたりで、雪に埋もれていました。木村刑事によると現場は前夜から降り積もった雪のために犯人につながる足跡は消されてしまっていたようです。それで迷宮入り……。北林さんにぶつかった若い男と沼田さんが同一人物かどうかは、まだはっきりとはしていませんが……」

「ダイニングメッセージ？」

難波が呟いた。

香織が呆れた顔で難波を見る。

「あれ？　どうかしましたか？」

難波が香織の呆れ顔に気づいて目を瞬《しばたた》いた。

「課長、どうして食堂でメッセージなんですか？」

「えっ、えっ、私、おかしいこと言いました？」

難波が慌てて口に手を当てる。

「それを言うならダイイングメッセージ。死に際の伝言でしょう！」

香織がきつく訂正した。

「参りました。そう言うつもりだったのですが、ついつい、ここが食堂でしたので混同してしまいました」

難波が恥ずかしそうに頭を掻いた。

「それで、北林さんが主水さんに相談したことっていうのは？」

香織が訊いた。

「犯人を捕まえて欲しい。そしてこの行章が沼田さんのものなら、ご遺族に返したいと言うんです。ご遺族に返却する際は、自分も立ち会いたいと言っていましたね。『正しい大人になるんだよ』という言葉をお守りのように大切にしていたお陰で大学を卒業し、ちゃんと社会人になれたのだと、お礼を言いたいそうです」

「それで主水さんは？」

香織が主水の考えを読み取ろうと、じっと見つめた。

「犯人を見つけ出して捕まえるしかないでしょう。頼まれたら断れません」

主水は真剣な顔つきで言った。

「でも迷宮入りの事件ですよ。警察もお手上げの」

難波が両手を上げ、万歳の恰好《かっこう》をした。

「ところがですね」主水が笑みを浮かべた。「焼き鳥屋で一緒に北林さんの話を聞いていた木村刑事が協力してくれることになったんです。未解決事件なんて高田署の恥だってね」

「偉い。木村さんを見直したわ」香織が大きく頷いた。「合併前のこととはいえ、私たちの元同僚が何者かに殺されたのに犯人がうやむやのまま記憶から消してしまうなんて、それこそ第七明和銀行の恥じゃないですか、課長」

「ええ、まあ、そうですね」

難波は香織の勢いに押されて曖昧《あいまい》に返事をした。

「犯人を見つけましょう。過去の事件だから、本店にいる美由紀《みゆき》にも協力を頼まないとね」

香織が提案した。

「勿論です」主水が頷いた。「沼田さんと思《おぼ》しき男がなぜ『正しい大人になるんだよ』などと意味深な言葉を遺《のこ》したのか。考えてみたんですが、きっと自分が正しい大人でなかったからではないでしょうか。正しい行いをしなかったから。その日、何があったかは分かりませんが、北林さんの記憶では、若い男は見るからに焦り、怯えていたそうです。もしかしたら何者かに追い詰められ、逃げようとしていたんじゃないでしょうか。そしてぶつかったお詫びにと、大切な行章を渡した……」

主水は自分の推理を披露《ひろう》した。

「主水さんの推理、理解できないこともないのですが、ではどうして行章を渡す必要があったのでしょうか？　お詫びの品にしては不自然過ぎます」

香織が不満そうに口を尖《とが》らせた。

主水は困ったように眉根を寄せた。そう言われると、返す答えがない。

「もう必要がなくなったとか、金メッキと見せかけて実は純金で出来ているからお正月のお年玉代わりだったとか……」

主水は苦し紛《まぎ》れに思いつくままを並べてみた。

「却下《きやっか》しまぁす」

香織が木で鼻を括《くく》る調子で言った。主水は頭を抱える。

「ちょっと拝見」難波が行章を手に取った。「本当に懐かしいですね。合併の前日、この行章を返却した時は悲しかったなぁ。強制的に返却させられたんですよ」

難波は行章を指に挟み、自分のスーツの襟に当てた。

「嬉しそうですね」

主水が微笑《ほほえ》んだ。

「これは誇りの象徴でしたからね。これが襟に輝いていることで、第七銀行の行員としての自覚が芽生えたものなんです。だから」そこで難波は少し怒った顔になった。「これを外して、全く見ず知らずの人に渡すなんて考えられません。がらくたと思われて捨てられてしまったら、どうするんですか」

難波には、沼田と思しき男の行動を非難する気持ちもあるようだ。

「行章は、襟穴にネジのボルト部分を差し入れて、ナットで後ろから留めるんです。結構、面倒なんですよ。こうやって……」

難波が実演してみせようとした。摘《つ》まんだ襟穴を顔に近づけ、行章のボルト部分を襟穴に差し入れようとする。

「ちょっと待った！」

その時、香織が声を上げた。難波がびくりとなって動きを止める。

「どうしたのですか？　生野さん。驚くじゃないですか」

難波は襟を摘まんだまま固まっていた。

「行章は、誇りの象徴だったんですよね。そんな大事なものを渡すからには、なにか切羽詰《せっぱつ》まった、特別な意図があったはずです。もし難波さんがわざわざ行章を外して渡すとしたら、どんな状況が考えられますか？」

香織が問い詰めるように難波に迫った。

「確かに不可解ですね……」

主水も首を捻《ひね》った。

「そんなの決まっているでしょう」

難波は呆れたように二人を見つめて言った。

「えっ」

あまりに思いがけない難波の返事に、主水と香織が同時に目を見開いた。

「どういうことですか？」

香織が訊いた。

「これを見てください」

難波は行章を裏返した。

「どうかしましたか?」

主水が怪訝《けげん》そうに行章を覗き込んだ。

「ここに番号が刻んであるでしょう」

難波が指さした部分には、確かに数字が刻印されていた。ただ、光が反射して、主水の席からはっきりとは見えない。

「これは行員番号なんです。この番号を見せたかったんですよ、きっと」

難波は、自分の行章を襟から外した。

現在使われている第七明和銀行の行章も円形だった。金メッキの基盤は旧第七の行章と同じだが、七宝焼きではない。デザインされた「7M」の文字が、基盤の上に彫られている。華やかさはなく、機能的で無機質な印象だ。

「ここに私の行員番号9411034とありますね」

「確かに」

主水は、難波の行章の裏側に刻印された番号を確認した。

「私は一九九四年に大学を卒業して入行しましたので94。11は第七銀行出身。034は、同期の出席番号みたいなものですね」

「私の行章にはない！」

香織が胸からバッジを外して嘆《なげ》いた。

「申し訳ありません。総合職だけですね」

難波が行章を付け直しながら言った。

「差別だ、差別！」

香織が本気で怒った。

「香織さん、まあ、いいじゃないですか」主水が宥《なだ》めにかかった。「私にはそもそも行章がありませんし、番号で管理されているなんて、いい気持ちはしませんから」

「でも私たち一般職は、まとめていくらっていう扱いをされているようで、なんだか悔しいな」

まだ香織は納得していないのか、憤懣《ふんまん》を露《あら》わにしている。

「総合職は全国各所に転勤したり出向したりするので、番号で管理する必要があるんでしょうね。私だって番号で管理されるのは、いい気持ちはしませんよ」難波も香織を宥めた。「それでこの沼田さんの行章を見てください。番号、読めますか？」

難波から行章を受け取った主水は目を細め、目を凝《こ》らした。

「８０１１０８６……ですね」

主水は数字を読み上げると、目を瞠った。「80とは、この行章の持ち主が一九八〇年に旧第七銀行に入行したってことでしょうか」

「そうです。ですからこれは、沼田さんの行章ではないということです」

難波は得意そうに小鼻を膨らませた。主水は息を飲んだ。重要なことを昼行燈《ひるあんどん》的な存在の難波がこともなげに指摘したことに、主水は内心で驚愕《きょうがく》していた。

「ねえ、ねえ、どういうことですか?」

香織は先ほどの怒りはどこへやらで、好奇心に溢《あふ》れた目で主水と難波を交互に見やった。

「私が説明しますね」そう言って、主水は香織に向き直った。「まだ詳しい調べはついていませんが、殺された沼田さんは、二〇〇八年当時、まだ若かったといいます。例えば当時二十七歳だったなら、二〇〇三年頃の入行ですから、03とか04となるはずですね」

「そうですね……」香織は難波に視線を向けた。「私、課長を尊敬しちゃいました」

その表情には、今まで難波に対して見せたことがない感服、感嘆《かんたん》の気持ちが表れていた。

「では、いったいこれは誰の行章なんでしょうか」

主水は、テーブルに転がっている行章を指さした。

「この行員番号だった人が誰か、調べてもらいましょう。美由紀に頼みます！」

香織が、本店企画部に勤務している椿原《つばきはら》美由紀の名前を挙げた。

「さっそく調べてもらいましょう」

難波が賛成した。

「ちょっと待ってください。ここで問題です」主水が割り込んだ。「若い男が沼田さんだったとして、なぜ彼は、他人の行章を北林さんに託したのでしょうか」

「はい、主水先生」

香織が学生よろしく手を挙げた。いい答えが浮かんでいるのか、その表情は明るい。

「はい、生野香織さん、答えてください」

主水は少しおどけて教師の真似をした。

「これはやはり間違いなくダイイングメッセージなのです」

香織の表情が真剣さを増した。

「ダイニングメッセージか……」

難波が難しい表情で腕を組んだ。

「課長！　違います。ダイイングです！」

香織がきつく言った。

「ごめん、ごめん、つい間違っちゃった」

「私の推理を申し上げます。行章が沼田さんのものではなかったことから、二つの可能性が考えられますね。一つは、そもそも北林さんにぶつかった若い男というのが、殺された沼田さんではなかった可能性。正真正銘、自分の行章を渡したわけですね。しかし、八〇年入行の彼が二〇〇八年当時に『若かった』とするのは、無理があるように思われます。もう一つは、北林さんにぶつかったのはやはり沼田さんだったが、他人の行章を渡すことでその人物について何らかのメッセージを遺した可能性。例えば、この行章の持ち主に殺されるかもしれない……とか」

香織は真剣な表情で話し終えた。

「えええっ」

難波が悲鳴のような声を上げ、慌てて口を両手でふさいだ。

主水は何も答えず、ただ眉根を寄せているだけだった。

4

北林隆司は、その日も高田町ファーストビルディングの傍《かたわ》らに設置された祠に手を合わせていた。

木造の祠の中には、小さな地蔵が安置されている。祠の傍らにはイチイの木が緑の葉を茂らせていた。

「感心だね」

突然、頭上から声が聞こえた。驚いて顔を上げると、そこには如月満太《まんた》がいた。隆司が勤務する如月不動産のオーナー社長だ。

マンタという名の通り、海をゆったりと泳ぐマンタのような大きな体つきをしている。頭髪は多少薄くなっているものの、まだ黒々と艶《つや》やかだ。染めているのだとは思うが、髪が黒いだけで若々しく見える。

二〇〇五年、満太が四十歳の時に創業した如月不動産は、都内にいくつかの貸しビルを所有している。経営が悪化したり、耐震構造で問題が発生したりしたビルを安く購入し、リニューアルすることで規模を拡大してきた。

業界ではやり手として知られている満太と、隆司は縁があった。隆司の亡き父が不動産会社に勤務していた当時、満太と親しくしていたようなのだ。その関係で母をビルの清掃員として採用してくれたり、隆司の学費の一部を負担してくれたりした。

隆司が有名私立の早明《そうめい》大学を卒業し、迷わず如月不動産に就職を決めたのも、満太への恩返しという意味があった。

「たまたま、ここにお地蔵さまがあることを知ったものですから」

隆司は立ち上がり、緊張して答えた。

「このお地蔵さまの由来は知っているかね」

満太が訊いた。

「はい。この場所で殺された人の霊を鎮めるためだと伺いました」

隆司の答えに、満太は意外そうな顔をした。

「知っていたんだね。殺されたのは若い銀行員だったが、かわいそうなことをした。犯人はまだ捕まっていないんだ。それで、私や地元の人、銀行の人なんかがお金を出し合って、このお地蔵さまを作ったんだ」

「社長もご支援されたのですね」

隆司は尊敬の眼差《まなざ》しを満太に向けた。

「多少だよ。ほんの気持ちだけね」

満太は照れたような笑みを浮かべた。

「殺された人は、私の恩人なのです」

「どういうことなのかね」

輝く隆司の笑顔を見て、満太が怪訝そうに訊いた。

「実は……」隆司は、二〇〇八年の末に起こった出来事を説明した。「あの時、自分を励ましてくれたのが、殺された沼田さんなのではないかと思っているのです。それで私、殺人犯のことがずっと許せずにいたのですが、先日、ご縁があって、犯人を見つけて欲しいとある人に依頼しました」

隆司は胸を張った。

「警察官に相談したのか」

満太が驚いて目を見開いた。

「いいえ」隆司は横に首を振り、否定した。「警察は、もはや捜査をする気はないようです。そこで、多加賀主水さんという人にお願いしたんです」

「その人は、探偵なのかい？」

「いいえ、第七明和銀行の庶務行員さんです」

隆司は言った。

「庶務行員？」

満太は、理解不能といった複雑な表情で隆司を見つめた。

「大家万吉さんに聞いたところによると、主水さんは、これまで多くの難事件を解決してきた凄い人なんだそうです。旧第七銀行の流れを汲《く》む第七明和の主水さんなら、きっと解決してくれるんじゃないかと思って」

隆司は屈託《くったく》のない笑顔で答えた。

満太は口をへの字に曲げ、答えに窮《きゅう》したかのような複雑な表情で「うーん」と唸《うな》った。

第二章　ラジオ体操

1

多加賀主水は早朝の青空を見上げ、大きく深呼吸した。体の中に溜《た》まった悪いガスが全部排出され、きりりと冷たい空気で肺が満たされる。新鮮な空気は血液に乗って全身に運ばれ、手足の指一本一本までを活性化させていく。

「いい天気だな……」

主水は両腕を上げて大きく伸びをし、うううと声を漏《も》らした。

今年の十月は雨続きで、このまま秋らしい秋を感じる間もなく冬に突入してしまうのかと懸念《けねん》していた。新型感染症の拡大でただでさえ鬱陶《うっとう》しい気分だというのに、雨ばかりでは心に黴《かび》がはびこってしまう。そう思っていたところ、ようやく十一月に入って、すきっとした、これぞ秋晴れという天気が続いていた。

「遅いな。香織さんは……」

主水は辺りを見渡した。早朝の高田馬場《たかだのばば》駅に、人はまばらだ。

「ごめんなさい」

生野香織が、駅の改札口から走ってきた。マスクからわずかに漏れる息まで白く見える。晴れてはいるものの気温は低く、肌寒い。

「大丈夫ですよ。さあ、行きましょう。みんな現地にいるはずですから」

「はい、急ぎましょう」

今朝は、第七明和銀行高田通り支店の有志が開店前に集まって、ボランティア活動を行う予定になっていた。感染症の拡大で自宅に引きこもりがちになった一人暮らしのお年寄りたちを高田町公園に連れ出し、一緒にラジオ体操をしようというのだ。

感染症が怖くて外に出なくなると、認知症の症状が進んだり、運動不足になったりと、健康上の不安が高まる。見かねた主水が声を上げたところ、保健所や警察署も賛同し、応援を出してくれることになった。第七明和銀行からは、主水や香織の他に、難波俊樹事務課長や大久保《おおくぼ》杏子《きようこ》、そして支店長の古谷伸太《ふるやしんた》も参加する予定だった。

主水が声を上げた当初、支店の行員からは「老人を無理やり外に連れ出すのはどうかと思いますよ」という否定的な意見も出た。

しかし、古谷が「やろう」と決断したのだ。優柔不断《ゆうじゅうふだん》で何事もはっきりしない古谷にしては珍しいと主水は思った。きっとこの企画が、主水の発案だったからだろう。難波の発案だったら却下《きゃっか》していたかもしれない。主水には何かと世話になっているから、お返しの一つもしておかないといけない——そう考えたのではないだろうか。

否《いな》、それとも、主水の提案には逆らわない方が無難だと考えたのか。

いずれにしても支店長がゴーサインを出した以上、反対する者はいなかった。

さっそく主水と香織で手分けして、地元の長老である大家万吉に相談し、保健所、警察、区役所など関係しそうな役所に挨拶《あいさつ》して回った。なにしろ相手は老人だ。もしものことがあってはいけない。そんなことになれば善意が仇《あだ》になってしまう。

いわゆる三密《さんみつ》——密閉、密集、密接にならないよう配慮も必要だ。

聞くところでは、かつて高田町でも定期的にラジオ体操の会が実施されていたらしい。

「ラジオ体操か。それはいい」主水の提案を聞いた大家万吉は、八十歳を過ぎた後期高齢者とは思えないほど若々しく、鼻息を荒くした。「昔は、盛んにやったものだがね。リーダーがいなくなって、立ち消えになってしまったんだ。主水さんが音頭《おんど》を取ってくれたら最高だね。とにかく感染症に負けないためには、年寄りこそ外に出て運動しなけりゃならん」

大家が一も二もなく大賛成したことで、もしこの試みが好評なら継続して開催しようという話にもなった。

「ラジオ体操なんて、何年ぶりだろう」公園に向かって歩きながら、香織が呟《つぶや》いた。香織は小学生の頃、夏休みに近所のラジオ体操に参加してスタンプを集め、おもちゃやお菓子をもらった記憶があるという。

「今でも全国津々浦々、老いも若きも多くの人がラジオ体操に親しんでいるんだそうですよ」

「へえ、そうなんですか」

香織がかじかんだ手をこすり合わせ、白い息を吐きかけた。

じつは、主水がこの企画を提案したのは、老人の健康のためだけではない。沼田信吾殺害事件の目撃者を探すためでもあった。

木村刑事とともに過去の捜査状況を洗い直したのだが、目撃者がいないのだ。

争っている声を聞いたとか、沼田らしき若者を見たとか、何も証言がない。

——捜査が杜撰《ずさん》だったんじゃないの？

主水が思わず口にしてしまうと、木村は「うん」と不愉快そうに頷《うなず》くだけだった。事件があったのは十二年も前で、木村が捜査に直接かかわっていたわけではない。だが、彼も捜査の不十分さを認めざるを得ないようだった。

十二年前なら、高田町の老人たちもまだまだ元気だっただろう。そう考えて、主水は老人たちに、事件解明の協力を依頼しようと考えたのだ。

木村は渋い表情をしながらも「駄目もとでやるか」と同意してくれた。

街のまとめ役である大家も、沼田信吾の事件には関心が強いらしい。「みんなが集まったら、俺が協力を依頼してやる」と胸を叩いて請《う》け合ってくれた。

「おはようございます」

高田町公園に辿《たど》り着くと、主水は先に来ていた古谷に挨拶をした。公園には、既にかなりの参加者が集まっている。介護者に介助され、車椅子《くるまいす》に乗って参加している人もいた。

公園は広い。あらかじめ参加者には、密にならないように注意し、かつマスクを着用するよう呼びかけてあった。マスクを着けたままで体操するのは息苦しく、できたら外させてあげたいのだが、感染者を出してしまったら次はないと、マスク着用を義務にした。会場の入口には、消毒液も用意してある。

公園の周囲に植えられた桜の葉が、すっかり色づいていた。紅葉の真っ盛りだ。春の桜花もいいが、秋の紅葉した桜葉もいい。

「結構、集まったね。さすが主水さんの人徳だね」

古谷は機嫌《きげん》よさそうに微笑《ほほえ》んだ。

「支店長こそ、こんな朝早くにすみません。今日は、本店で会議があるんでしたね」

主水は、たとえ庶務行員《しょむこういん》としての職務に関係なくても、支店長のスケジュールはおおよそ把握《はあく》している。

「はは。会議の前に体を動かしておけば、居眠りしなくて済むよ」主水に言われて少し驚いた様子の古谷は、冗談めかして笑ってみせた。そして急に真面目《まじめ》な顔になり、付け加える。「感染症には注意しつつも、やはり引きこもるのは良くないからね」

「その通りです」

主水も、このイベントが感染症のクラスターになってしまわないようにと、緊張を新たにした。

「主水さん、そろそろ時間です。音楽が流れますよ」

香織が声をかけてきた。

体操のお手本役を買って出た香織は、やや緊張気味だ。昨夜遅くまで、インターネットで映像を見ながらレッスンしたらしい。多くの人の前で間違えずにやれるかどうか、不安なのだろう。

ラジカセから、軽快なラジオ体操の音楽が流れてきた。

「さあ、ラジオ体操第一です」

司会役の主水はマイクを握《にぎ》って参加者に呼び掛けた。高田署から借り受けたマイクだ。普段は交通安全教室などで使っている備品らしい。

香織が参加者の前に立ち、分かりやすく大きな動きで手本を示した。それを真似て、参加者が腕や足を動かす。

マスク越しではっきりと表情までは分からないが、参加者はみな音楽に合わせてリズムを取り、心地《ここち》よさそうだ。

車椅子に乗った人は介護者の助けを借りながら、できる範囲で首や腕を動かしている。なかには、自《みずか》ら手本となってキビキビした動きで高齢者にレクチャーしている介護者の青年もいた。

ほんの数分で、参加者の体から湯気が上っているように見えた。それだけ真剣に取り組んでいるのだろう。

ちなみに、数々の資格を持つ主水は「ラジオ体操指導員」の資格も保有している。長い手足を活かしたその動きはしなやかで、余裕がある。主水の動きを横目で盗み見た香織は、驚きを隠せない様子だった。焦《あせ》ったような表情で、主水に負けまいと必死に手足を動かしている。

とはいえ、主水の目から見て、香織の動きもなかなか堂に入っていた。相当、練習したのだろうと分かる。

ラジオ体操第一に続き、第二が無事に終了した。

体の芯から温まった主水は、朝の寒さを微塵《みじん》も感じなくなっていた。じんわりと額《ひたい》に汗が滲《にじ》み、心地良さが全身に漲《みなぎ》っている。

——さあ、ここからが本番だ。

「皆さん、ちょっといいですか」

主水は参加者に呼びかけた。

帰宅しようとしていた参加者の視線が、主水に集まった。参加賞でも配るのだろうか？　と期待を露《あら》わに見せる人もいる。

「ここで大家さんからお話があります」

主水の紹介で、大家がゆっくりと参加者の前に立った。少し息が上がっているのは、久しぶりに体を動かしたためだろう。

大家はマイクを握りしめ、緊張した面持《おもも》ちで話し始めた。

「皆さんに協力をしてもらいたいことがあります」

やや掠《かす》れてはいたものの、話し声ははっきりとしていた。二〇〇八年十二月、高田町で一人の遺体が発見されたこと。遺体の身元は、旧第七銀行の行員、沼田信吾であったこと。発見されたのは、雪の降り積もった朝であったこと。まだ犯人は見つかっていないこと――。

「我が愛する高田町でこんな残酷な事件が発生し、しかも未解決であるとは許せません。随分時間が経《た》ってしまいましたが、もし何かを目撃したとか、ちょっと気がかりなことがあるとか、なんでも結構です。ここにいる第七明和銀行高田通り支店の庶務行員、多加賀主水さんに連絡してもらえないでしょうか。よろしくお願いします」

大家が深々と頭を下げたのを見て、主水も頭を下げた。

参加者からは、特に何の発言もなかった。

空振りかな——と主水は失意に囚《とら》われた。やはり十二年もの歳月が流れていては、当時のことを思い出せる人は少ないのか。

今日の参加者は七十代、八十代の高齢者ばかりだ。記憶が薄らいでいても無理はない。

「あまり反応はなかったみたいだな」

木村刑事が主水に近づいてきて耳打ちした。

「あれっ、木村さんも参加してくださったのですか?」

主水は驚いた。まさか多忙な刑事が、ラジオ体操に来ているとは思わなかったのだ。

「公園の隅で新聞を読んでいただけだよ。まあ、街の行事で何かあってはいかんからね」

木村は面倒臭そうに答えた。木村一流の照れ隠しというやつだ。主水の気持ちの負担になってはいけないと考えているのだろう。

それとも刑事の勘で、事件の関係者がここに現れるとでも思ったのだろうか。

主水たちが未解決事件の解決に乗り出したことは、じわじわと街の噂《うわさ》になりつつある。

「主水さん。この方が、ご挨拶ですって」

香織の傍《そば》に、車椅子を押す男性がいた。三十代後半くらいといった印象だろうか。淡《あわ》いグリーンのニットのセーターにジャージという、体操に相応《ふさわ》しいラフな恰好《かっこう》だ。車椅子には高齢の女性が乗っている。

そういえば、自ら手本となってキビキビとした動きで体操している介護者がいたのを主水も覚えていた。あれは、この男性だったのだろう。

「本日はありがとうございました。母も非常に喜んでいます」

男性は明るく微笑んだ。すっきりした顔立ちで、さわやかな二枚目と言ってもいい。

「ありがとうございます。そう言っていただけると嬉《うれ》しいです」

主水も笑顔で応じた。

「認知症の母があんなに元気に手を振っているところは、久しぶりに見ました。ラジオ体操は、認知症にもいいのかもしれません」若い男性は、母親の背中越しに声を掛ける。「ねえ、母さん」

「ううう……」

車椅子の女性は、若い男性を見上げてわずかに震えるような声を発しただけだったが、嬉しさを表現しているのだろう。

母親は六十代前半くらいだろうか。まだまだ若く見える。それでも認知症とは……世話をする男性のことを思いやると、主水の心は痛んだ。

「それでは失礼します。またおやりになる時は、ぜひ声をおかけください。じゃあ帰ろうか、母さん」

男性は車椅子を押し、主水たちに背を向けて去っていった。

「また開催しますから、ご参加くださいね」

香織が、男性の背中に声をかけた。男性は振り向き、軽く会釈《えしゃく》を返した。

「やってよかったですね。主水さん」

香織が笑顔を弾《はじ》けさせた。

「ええ。ああやって一人でもお礼を言ってくれる人がいれば、やりがいもあります」

公園を出ていく男性の後ろ姿を、主水は目を細めて見つめた。

「事件のことを思い出す人が一人でもいれば、もっと良かったのですが……」

香織が残念そうに目を伏せる。

「香織ちゃん、十二年も眠っていた事件だよ。焦らないでじっくりやろう」

木村が励ました。

「そうですね」

主水も頷いた。

2

支店に戻った主水たちは、いつも通り開店準備に取り掛かった。

「おはよう、バンクン」

ロビーで充電していたAIロボット「バンクン」のスイッチを入れると「おはようございます、主水サン」と音声が流れた。つぶらな瞳をパチパチと瞬《まばた》きさせる。

「今日はみんなでラジオ体操をやってきたんだよ」

「ラジオタイソウ……。ラジオタイソウは一九二八年、昭和三年、十一月一日午前七時、国民保険体操としてはじまりマシタ」

バンクンはインターネット検索で得た情報を教えてくれる。

「凄いね。そんなに古くからあるんだ。もう百年近くになるんだね」

「ハイ、その通りです。ラジオタイソウは、全身の血行を改善し、肩こり、腰痛防止、食欲増進などの効果が期待されマス。まさに主水サンにぴたりデス。最近、主水サン、太り気味デス」

「余計なことを言うんじゃない」

主水はバンクンを睨《にら》んだ。バンクンの指摘が正鵠《せいこく》を得ていたからだ。

主水は腹の周りに手を当てた。「初音」のタンメンの食べ過ぎだろうか。

「バンクンは太らないからいいよね」

主水は、思いきり皮肉を言った。しかしバンクンは意味不明とでもいうように瞬きをし、首を傾げるだけだった。

「主水さん、何を朝からバンクンと揉めているんですか?」

背後から声をかけてきたのは、本店企画部の椿原美由紀だった。彼女の後ろには、なんと元高田通り支店長の新田宏治《にったこうじ》がいる。現在は秘書室長というポストに就《つ》いている、第七明和銀行きってのエリートだ。

「主水さん、お久しぶりです。相変わらず元気そうですね」

新田がにこやかな笑顔を向けた。

「あらら、開店前のこんな早い時間に、重要人物が二人も見参とは、これ如何《いか》に！」

主水が大げさに驚いてみせた。

「新田秘書室長ではありませんか！」

主水の声を聞きつけてバタバタと駆け寄ってきたのは、古谷支店長だ。古谷は本店での会議に出席すべく、今まさに出発しようとしていたところだった。

「古谷さん、おはようございます。今日は本店で営業会議ですね。ご苦労様です」

新田が言った。

「いやぁ、どうしようかな。これから本店に行かないといけないのですが、秘書室長のお相手もしたいし……いやぁ、困ったな、どうしようかなぁ。ねえ、主水さん」

古谷は、困惑《こんわく》した顔を主水に向けた。

「同時に二つの選択は不可能デス。どちらかを選択しなければナリマセン」

バンクンが可愛《かわい》い声で口を挟む。

「支店長、バンクンの言う通りです。本店の会議の方を選択されるべきですよ。

新田さんのお相手はこっちでやりますから」

主水は呆《あき》れ顔で言った。古谷にしてみれば、エリートの新田と親しくする方が、会議に出席するよりも個人的には有益だと思えるのだろう。

「そうだね。会議の予定は変えられないからね。それじゃあ、行ってきます」古谷は残念そうに眉根を寄せ、新田に向かって丁寧《ていねい》に頭を下げた。「秘書室長、申し訳ありませんが、そういうことで、失礼いたします」

そうかと思うと、主水には厳しめの表情を向け「秘書室長がどんなご用事でいらっしゃったのか、後でしっかり報告してくださいね」と念を押す。

古谷は何度も店内を振り返り、振り返りしながら出かけていった。

「相変わらずですね」

新田が微笑する。

「ええ、相変わらずです」

主水は苦笑した。

「相変わらず、というのはオカシイデス。中国の古いウタに『年年歳歳《ねんねんさいさい》花《はな》相似《あいに》たり　歳歳年年人同じからず』とアリマス。ヒトは同じではアリマセン」

バンクンが主水を見つめた。

「バンクンの言う通りかもしれないけど、変わらない人もいるってことさ」

主水は、優しい手つきでバンクンを撫でた。それでもバンクンは納得しないのか、目を閉じて首を傾げる。

「ところでこんなに朝早く、どのようなご用件ですか」

主水は、新田と美由紀に向き直って訊いた。二人が揃《そろ》ってこんな早朝に来るということは、尋常《じんじょう》な用件ではないだろう。

「実は、主水さんから依頼された、あの行章の件なのです」

美由紀が深刻な表情で切り出した。

3

新田は支店長室のテーブルの上に、小さなビニール袋に収められた行章を置いた。持ち主を調べて欲しいと、主水が美由紀に預けていたものだ。

「これは、歳川《さいかわ》さんのものだったんだよ」

新田は沈痛《ちんつう》な面持ちで声を絞り出した。

「歳川一郎《いちろう》さん……ですか？　たしか、本店営業部の副部長でしたね」

主水の隣に座った難波が言った。難波も、新田と同じく沈痛な表情を浮かべている。

支店の開店までには、まだ時間がある。早起きしてラジオ体操の会を催《もよお》したお陰だ。開店準備を香織たち他の行員に任せて、主水と難波は、支店長室で新田と美由紀に応対していた。

北林隆司が持ち込んできた行章が沼田のものではないと指摘したのは、難波である。それに気をよくしたのか、難波は今回の事件の解決に、並々ならぬ意欲を見せている。

「その歳川さんという方は、まだ現役で働いておられるのですか？」

主水が訊くと、新田の表情にはますます憂鬱《ゆううつ》そうな翳《かげ》が差した。

「実は……亡くなったんだよ」

「そうでしたか」

新田の暗い表情の意味が分かった。

「それも交通事故。ひき逃げだったんだ。まだ犯人は見つかっていない」

「えっ」

主水は驚いた。

「私がここに来たのも、そのためなんだ。歳川さんはね、私が入行して最初に配属された青山《あおやま》支店で、課長を務めておられた。その後は順調に出世され、本店営業部で公社、公団などを担当する副部長だった時、ひき逃げに遭《あ》ってお亡くなりになった。いい人だったよ。よく面倒を見てもらった」

ありし日の歳川を思い出したのか、新田は目頭をそっと押さえた。

「この行章に刻まれている行員番号を調べたところ、歳川一郎さんのものでした」美由紀が説明した。「歳川さんの経歴を調べたら、新田室長と昔、一緒に働いておられたと気づき、室長にお話を伺《うかが》ったら、この件についてぜひ主水さんに相談したいとおっしゃって……」

「歳川さんは五十歳の時に亡くなられた。今の私と同じ年齢だ。生きておられれば、六十二歳。きっと役員か関係会社の社長としてバリバリ活躍されていたはず。そう思うと残念でたまらない。私は、ずっとひき逃げの犯人が見つかることを祈っていた」新田は強い視線で主水を見つめた。「私は、椿原君からこの行章を見せられた時、恐ろしいことに気づいたんだよ」

「なんでしょうか？　恐ろしいことって」

主水は緊張した。隣の難波も身を乗り出す。二人して、一言も聞き逃してはならないと耳をそばだてた。

「歳川さんがひき逃げに遭ったのは、二〇〇八年の十月なんだ」

新田の視線が、さらに鋭くなった。

「沼田さんが殺されたのと同じ年……」

主水は思わず絶句した。

「本店の歳川さんが十月にひき逃げで亡くなられ、この町の支店にいた沼田さんが十二月に殺害された。共に犯人は捕まっていない……。偶然とは思えないですね」難波はホームズでも気取っているのか「ううん」と唸《うな》って首を捻《ひね》った。

「難波君」

突然、新田が難波に呼びかけた。

「は、はい、なんでしょうか」

難波は夢から覚めたかのように驚き、姿勢を正した。

「私は椿原君から聞くまで、沼田さんの事件を知らなかった。この高田通り支店の支店長をしていたというのに、事件があったことすら引き継がれていなかったんだ。いくら合併前のこととはいえ、無関係でいていいのだろうか。難波君は事件のことを聞いていたか」

新田の顔は依然として険《けわ》しい。

「事件当時、噂は聞こえてきましたが、この支店に来てからは、話題になったことすらありません。勿論、正式に聞いてもおりません」

難波は強く否定した。新田の表情が険しいことに反応したのだ。

「やはりおかしいだろう、主水さん。こんな重大な事件の引き継ぎが行われていないんだよ」新田は難波を見て訊いた。「十二年前というと、旧第七銀行高田通り支店の支店長は……」

「大城《おおしろ》雅也《まさや》支店長です」

難波は間髪《かんはつ》容《い》れずに答えた。事前に調べてあったのだろう、詰まることなく答えられてホッとした表情だ。

「大城さんか……」

新田が呟いた。

「どんな方なのですか？」

新田の表情が一瞬曇ったのを見逃さなかった主水は、すかさず訊いた。

「結構、癖の強い人でね。常務で退任されて、今は旧第七銀行関連の不動産会社、コスモスエステートの社長だよ……」新田は答えたが、その瞬間「あっ」と小さく息を呑《の》んだ。

「どうかしましたか？」

「大城さんは、たしか歳川さんと同期だったんじゃないかな？」

新田が眉をひそめて言った。

「亡くなった歳川さんと大城元支店長が同期ということですね」

主水が念押しする。

「ああ、間違いないと思う。大城さんは、なぜ沼田さん殺害の事実を次の支店長に引き継がなかったのかな」

新田は首を傾げた。

「大城さんの後は、山下喜一郎《やましたきいちろう》さん、児玉清二《こだませいじ》さん、森山太平《もりやまたへい》さん、千束寛哉《せんぞくひろや》さん、そして新田さんと続きます」

難波がメモを取り出して読み上げた。

「随分、交代していますね」

主水は呆れた。

「支店長は二年足らずで交代するからね」

新田が、さも当然というふうに言った。

「では新田さんが前任の千束さんから引き継がなかっただけで、大城さんが故意に沼田さんの件をタブーにしてしまったとは断言できないわけですね」

「まあ、そういうことだね」

新田は、やや不満そうに頷いた。重大な事件について引き継がれなかったことで、自分が軽視されているように感じたのかもしれない。

「それでね、主水さん」新田は居住まいを正した。「私はね、歳川さんの死と沼田さんの死に、なんらかの関係があるのではないかと疑っているんだ。思い込みはいけないいけどね」

新田がテーブルの上の行章を指さした。主水は黙ってそれを見つめる。

「この行章を目にしてね、まるで歳川さんが『自分をひき殺した犯人を見つけて欲しい』と言っているような気がしたんだ。主水さん、なんとか事件を解決し、歳川さんの無念を晴らして欲しい」

そう言って、新田が頭を下げた。

「新田さん、顔を上げてください。そんなことをされたら困ります」

主水は困惑した。

「……というわけで、室長はご自分の口から直接、主水さんに頼みたいって……

今日、ここに来られたのです」

美由紀も新田に倣《なら》って頭を下げた。

大丈夫です、お任せくださいと強気で胸を叩けるほどには、主水は自信を持てずにいた。十二年という歳月は、思いのほか長い。ラジオ体操に集まった人の中から、目撃者が出てくればいいのだが……。

4

その日の仕事を終えた主水は、喫茶「らんぶる」にいた。難波と香織も同席している。この後、美由紀や木村刑事と落ち合う約束になっていた。

「あの行章の持ち主は、歳川一郎という人だったのですね」

主水の説明を聞いた香織が、腕を組んで考え込んだ。

「歳川さんは本店営業部の副部長で、東京都や郵政公社などを担当していましたね」当時を知る難波が、神妙な顔つきで補足した。「やり手でしたが、ひき逃げ事件の犠牲《ぎせい》になって亡くなりました。80で始まる行員番号でしたから、それなりにベテランで、立場のある行員のものではないかとは思っていましたが……」

「行章の持ち主は既にお亡くなりになっていて、犯人はまだ捕まっていない。結局、このままでは迷宮入りです」

主水は唇を嚙《か》んだ。

「新田さんは、かつての上司の死と沼田さんの殺害に関連があるのではないかと疑っておられるのですね。もし同じ犯人なら連続殺人事件ってことになりますよ」

香織が怯《おび》えた表情になった。

「大事件ですね。私たちで解決できるでしょうか」

難波が弱音を吐いた。

「さあ、どうでしょうか？」

主水も弱音を吐きたい気持ちだった。そもそも初音の前で北林に出会ったのがきっかけだが、あの日に食べたタンメンが、まだ胸につかえているような気がする。

「おお、みんな待たせたな」

木村が現れ、だみ声で挨拶をした。彼の後ろに隠れるように美由紀もいる。

「すぐそこで出会ったの」

美由紀が言った。

「恋人同士みたいだろう？」

木村が得意げに胸を張る。

「見えません。絶対に見えません」

香織が全否定した。

「冗談はそれくらいにして、事件の話にしようか」

木村は主水の正面の席にどかりと腰を下ろした。空気が一瞬、振動する。静かにコーヒーを味わう喫茶店の空気がざわついた。

「どう、主水ちゃん、目撃者は現れたかい」

木村が訊いた。

「まだ、誰も」

主水は首を横に振った。

「まあ、しゃあないな。古い事件だからな。じっくり行こうやないかね」

木村は時々、関西弁交じりの変な言葉遣いをする。

「今まで分かったことを整理しますね」

香織がスマートフォンを取り出した。今まで判明したことを記録してあるらしい。これに新たな事実を加えていけば、いずれ事件の本筋が見えてくるだろう。

「二〇〇八年十二月に遺体で発見されたのは沼田信吾さん、二十七歳です。行員番号は０３１１０３３。死因は、鋭利な刃物で心臓を一突き」

香織は、木村に視線を向けた。

「死亡推定時刻は、雪に埋もれていたためはっきりとは分からない」木村が付け加えた。「遺体発見前日、雪が降り始めたのが午後五時ごろだ。遺体が雪で埋もれていたことから、夜十時頃から数時間の間に死亡したと見ている。まあ、深夜であることは確かだな。凶器は特殊ではなく、一般的な果物ナイフのようなものだが、犯人が持ち去ったのか、現場からは見つかっていない。以前にも話したが、雪のため被害者及び犯人の足跡などは消えていた。また言い争う声や悲鳴などを聞いたという情報もない。従って犯人に結びつく情報は皆無といった状況だ」

「争う声が聞かれなかったということは、突然襲われ、声をあげる間もなかったということでしょうか」

主水が訊いた。

「そういうことも考えられるが、雪は音を吸収するからなあ。雪の夜は静かだろう」

木村は答えた。

「まあ、そうですね……」

主水は納得したようなしないような表情を浮かべた。

「次に、沼田さんのキャリアについて」香織が続けた。「二〇〇三年三月に駿河《するが》丘《おか》大学法学部を卒業し、同年四月、旧第七銀行虎《とら》ノ門《もん》支店に入行。二〇〇七年七月に高田通り支店に異動。営業第一課所属でした」

「どんな取引先を担当していたの？」

美由紀が訊いた。美由紀もかつて、高田通り支店の営業一課に所属していた。

「地元の中小企業が多いわね。特に目立った先はないわ。不動産業が多いかな」

香織が答える。

「当時の捜査記録によると、明るくて元気で、他人に恨《うら》まれるような人柄ではなかったという」木村も口を挟んだ。「特に取引先との間で目立ったトラブルがあったとは報告されていない。ただ、遺体発見現場となった旧郵政公社の土地絡《がら》みで、少々面倒に巻き込まれていたという話はあった。しかし具体的にどんな面倒だったかは分かっていない。結婚はしておらず、恋人もいなかったと思われる。

家族は、横浜《よこはま》に母がいるだけだ。父は早くに亡くなり、兄弟姉妹もいない」

警察官が捜査情報を主水たち一般人に話すのは、公務員として情報漏洩《ろうえい》に当たる可能性があるが、主水たちは得がたい捜査協力者、情報提供者であるとの特別な配慮の上で、木村は情報を提供した。

「次に、沼田さんが遺体で見つかった前夜の出来事について」香織がスマートフォンの画面を指で撫でながら言う。「ちょうど雪が降り始めた午後五時ごろ、年末の買い物客でごった返す高田通り商店街で、母親と買い物に来ていた当時十歳の北林隆司さんが、若い男性とぶつかった。ぶつかってきた男性はなにかに怯えて焦っているような様子で、『正しい大人になるんだよ』という謎《なぞ》のメッセージとともに、旧第七銀行の行章を北林さんに手渡した……」

「そのぶつかってきた男が沼田さんかどうかはまだ確認できていませんね」

難波が口を挟んだ。

「決定的な監視カメラの映像も見つかっていません。目撃者が見つかることを期待したいところですが……木村さん」主水が答えて、木村に話を振った。「この歳川さんの行章を科捜研《かそうけん》に持っていって調べれば、沼田さんの痕跡《こんせき》がなにか出ませんかね」

テーブルの中央には、ビニールの小袋に入ったままの行章が置かれている。

科捜研——科学捜査研究所は、警視庁などに置かれた科学的捜査の専門機関である。行章にわずかでも沼田のDNAが付着している可能性に懸《か》けてみようというのだ。

「難しいなぁ。でもやってみるか」

木村は行章をポケットに入れた。

「若い男が北林さんとぶつかったのが五時頃……」香織がなにかに気づいたように、興奮を抑《おさ》えながら話し始めた。「沼田さんの死亡推定時刻が十時から数時間の間。若い男が沼田さんだったとすると、四時間以上ものズレがありますが、その間、何をしていたんでしょうか？　仮に若い男が沼田さんではない別の人物だったとしても、歳川さんの行章を持っていたことは偶然にしては不可解で、行員殺害事件に何らかの形で関与していた可能性が高い。北林さんにぶつかった後、どこかにいたんじゃありませんか？」

「なるほど、空白の時間……」難波が頷いた。「時間帯を絞れば、目撃者があるかもしれませんね。雪が降っていましたから、どこか喫茶店にでも入っていたのかもしれません」

「調べてみましょう」

主水も身を乗り出した。

「さて、その行章の持ち主、歳川一郎さんについて」香織が話題を換えた。「歳川さんは、東都《とうと》大学経済学部を一九八〇年、昭和五十五年三月に卒業して、同年四月に旧第七銀行神田《かんだ》支店に入行後、いくつかの支店や本店勤務を経験。そして本店営業第七部の副部長を務めていた二〇〇八年十月、ひき逃げに遭い、亡くなっています。享年《きょうねん》五十。本店営業第七部とは公社、公団などを担当する部署で、歳川さんは役員候補だったといいますから、なかなかのやり手だったんですね。ちなみに本店の新田秘書室長は、入行された当時、青山支店で歳川課長の下に仕《つか》えています」

「室長は、同じ年の十月と十二月に起きた歳川さん、沼田さんの死に関連があるのではないかと考えておられましたが……」

美由紀が言い、主水に視線を向けた。

「ええ」主水は頷いた。「歳川さんのひき逃げ事件については、木村さんに調べてもらいました」

「実は、このひき逃げ事件も犯人逮捕に至っていないんだなぁ。警察として申し訳ない」苦々しい顔で、木村が話し始めた。「歳川一郎さんは二〇〇八年十月二十日の夜十時、ジョギングに出かけた。妻によると、その頃太り気味だったのを気にしていた彼は、習慣的にジョギングをするようになっていたらしい。その夜も九時過ぎに帰宅すると、着替えてジョギングに出かけた。夕食は接待で済ませたようだった。妻は『気をつけて』と言って送り出した。歳川さんの自宅は、杉並《すぎなみ》区の高井戸《たかいど》だ。まだ周囲には栗林などが残っていて、ジョギングする道はやや暗い。自宅近くにある京王井《けいおうい》の頭《かしら》線の踏切近くで、歳川さんは撥《は》ねられた。犬を連れて散歩中だった人が、車が急ブレーキをかける鋭い音を聞いている。彼の目の前を黒い――といっても暗い夜道だから、相当に明るい色でなければ、大体は黒に見えるんだけどね――ともかく黒いセダンが、猛スピードで通過していったそうだ。危うく犬ともども撥ねられそうになったらしい。一瞬のことで、ナンバーや車種は覚えていない。危ないなぁと思いながら踏切近くに差し掛かったところで、人が倒れていた。それが歳川さんだった」

木村が無念そうに歯嚙みした。

「歳川さんのジョギングは日常的だったのですね」

「ああ」一度は頷いた木村だったが、首を捻った。「でもその日は少し体調が優《すぐ》れないと、自分で言っていたらしい。ジョギングはお休みにしたら？　と奥さんもアドバイスしたそうだ。ところが歳川さんは、『走りにいかないといけないんだ』というようなことを渋い顔で言って、奥さんの制止を無視して走りに出かけた」

「意図的なひき逃げ、すなわち殺人事件だったとは考えられませんか？」

美由紀が踏み込んだ質問をした。新田の考えを代弁しようとしているのだろう。

「注意しないと夜のジョギング中に自動車事故に遭う人は、少なからずいる」木村は真剣な顔で答えた。「夜は車がスピードを出しているから、ランナーは結構怖いだろうね。だからこの事件もひき逃げ事件として処理されたんだけど、今回、改めて証言の記録を読むと、気になる点があった。『事故直前に暗がりの中で誰かと話し込む歳川さんを見た』という人がいたんだ。そこに車があったかどうかは分からない。その誰かは、歳川さんに『こんばんは』と挨拶していたそうだ。相手はスーツ姿の男性だったが、顔までは見えなかった。歳川さんはジョギング用のスポーツウェアを着ていた。もしかして歳川さんは、ジョギング中に誰かと会う約束をしていたのかもしれない」

「その男の運転する車にひかれたのかもしれない……」

難波の眉間《みけん》に、深く皺が刻まれた。

「ひき逃げは、正面から？　それとも背後から？」

主水が質問した。

「正面からのようだ。歳川さんの遺体には、腹部から大腿部《だいたいぶ》にわたって激しい損傷があった。正面からまともに車に当たっている」

木村は、右手の人差し指と中指で人の足を模し、テーブルの上で足踏みさせた。かと思うと、左手の拳《こぶし》を正面からぶつけた。事故を再現しているのだ。

「今、都内の正規の修理工場から闇の修理業者まで、徹底的に洗っている。車の方もそれなりの損傷を受けているはずなので、深海にでも捨てない限り、なにか出てくるんじゃないかな。汚名返上だよ」

木村も二つの事件の関連性を疑っているのだろう。本腰を入れて捜査してくれるに違いない。

「二つの事件が関連しているなら、歳川さんと沼田さんの間にどんなつながりがあったのか、探る必要がありますね」

難波が提案した。難波は、例の行章が沼田のものではないことを指摘するなど、今回はかつてないほど冴《さ》えている。

「そのことなのですが」既に調べを入れてあったようで、美由紀が割って入った。「歳川さんは、日本郵政公社の民営化を担当されていました。旧第七銀行は、公社の主力行の一端を占めていたんです。民営化後も有力な取引銀行として残るため、精力的に活動されていた。公社時代に主力行だったからといって、民営化後も主力で居続けられるとは限らなかったのです。どの銀行も、郵政民営化後は今まで以上に取引に参入しようと必死でした。ご存じの通り郵政民営化は、国民全員が諸手《もろて》を挙げて賛成していたわけではありません。当時の首相の政治的指導力で進められていました」

さすがは企画部である。歳川の仕事内容について、当時の政治、経済状況と絡めて美由紀は調べ上げていた。

「歳川さんは、賛成派、反対派の両派に接触し、情報を集めていました。民営化後にどんな金融取引が待っているのかは、当の公社もよく分かっていなかったのです。膨大な資金、膨大な不動産、膨大な人員……。とにかく巨大な民間企業の誕生ですから、歳川さんは必死だったでしょうね。でも、沼田さんとの接点という目で見てみると……沼田さんと歳川さんは出身大学も異なりますし、職場を同じくしたこともありません。八〇年入行と〇三年入行では、二十三年もの開きがあります。接点の持ちようがないと言ってもいいでしょう。もしあるとすれば……」

そこまで話して、美由紀の視線が鋭くなった。いったん言葉を区切って、皆をじっくりと見渡す。

「美由紀、なに？　その勿体《もったい》ぶった感じは」

香織が苦笑する。

「さっき木村さんがおっしゃった話を聞いて、気づいたんだけどね」美由紀は木村に微笑みを向けた。「二人に接点があるとしたら……沼田さんの遺体が見つかった場所はどこだった？」

「如月不動産所有の高田町ファーストビルディング……だったけど」

香織が自信なげに答える。

「そこは、かつて旧日本郵政公社の建物があった場所でしょう？　それよ！」

美由紀が珍しくドヤ顔を作って言った。

「椿原さんの言う通りだね」木村は、美由紀に向かってグッジョブとばかりに親指を立てた。「歳川さんは旧郵政公社を担当していた。沼田さんは、旧郵政公社の所有する建物に関する面倒に巻き込まれていた。具体的にどんな面倒だったか、それが歳川さんに関係しているのか、調べる必要があるね」

「当時の支店長だった大城さんに事情を聴く必要もありそうですね」

主水が付け加えた。

「はい……」

と、ドヤ顔を見せていた美由紀が、にわかに表情を曇らせた。

「どうしたのですか？　なにか都合が悪いのですか」

心配した主水は、美由紀の顔を覗き込む。

「大城さんは、あまり銀行と関係が良くないんです」美由紀が眉をひそめて明かした。「コスモスエステートに社長として天下《あまくだ》ったのですが、常務で終わったことに不満があったのか、吉川《よしかわ》頭取の言うことに全く耳を傾けず、どんどん事業を拡大して、今や上場するかという勢いです。運よく低金利時代の不動産ブームの追い風に乗ったってわけです。今では、頭取より力があるんじゃないかって言われています」

「それは凄いですね」

主水は目を瞠《みは》った。

「その話は私も聞いたことがあります」難波の表情も陰《かげ》った。「マイナス金利の今、銀行はどこも経営が厳しいため、リストラを余儀なくされています。それで、うちの銀行もコスモスエステートに人員を受け入れて欲しいと頼んだのに、大城さんはにべもなく断ったとか……」

「確か、大城さんは歳川さんと同期入行でしたね」

主水は呟いた。

「ええ。ライバルでしたね。歳川さんの方が、出世では一歩リードされていたのですが、亡くなられたのでね。結果として大城さんが出世したことになりましたね。なにか引っかかりますか?」

難波が訊《たず》ねた。

「ええ、まあ、少し……」

顎《あご》に手を当てて、主水は考え込んだ。

「それにしても、北林さんにぶつかった男が遺《のこ》した『正しい大人になるんだよ』って言葉。果たして、どういう気持ちで言ったのかしらね。よほど正しいことをしていなかったのか」

香織が首を傾げた。

「なぜ男は、見ず知らずの少年に行章を手渡したのかしら。たとえ自分の行章ではないとしても、銀行員ならばぞんざいに扱っていいものではないでしょう……」

美由紀も思案げに言葉を継いだ。

「それ、ですよ」閃《ひらめ》いた主水は、美由紀を指さした。

「な、なんですか？　主水さん」

美由紀が驚いて少し仰《の》け反《ぞ》る。

「北林少年にぶつかった男は、その行章を大切に持っていた。それはなぜか？　歳川さんは二か月前に亡くなっている。行章は、どこにあったのでしょうか？　亡くなった時はジョギング姿です。行章はつけていません。誰かに盗まれるはずもありません。ねえ、難波さん」

「はい」

難波は緊張して、主水を見た。

「行員がお亡くなりになると、行章は返却するんですか？」

真剣な目つきで、主水は訊いた。

「調べてみないとなんとも言えないですが……」難波は慎重に答えた。「返却してもいいですが、思い出に……ということで遺族がそのまま保管していても、文句は言われないでしょうね」

「遺族か？」

木村が、何かに気づいたようにハッとした。

「歳川さんが自分の行章を沼田さんに託したのであれば話は別ですが、そうでなければ、行章は遺族の手元にあったはずです」

主水が言った。

「歳川さんのご遺族は？」

難波は香織に視線を向けた。慌《あわ》てて香織は、スマートフォンの中に記録してあるデータを探った。

「奥様と息子さんが一人おられるようです。息子さんは一九八一年、昭和五十六年生まれ。入行してすぐにご結婚されて、お子さんに恵まれたんでしょうね。現在は三十九歳……」そこまで読み上げた香織は、目を瞠って主水を見つめた。

「沼田さんと同い年じゃないですか」

「北林さんにぶつかったのは、歳川さんの息子さん？」

美由紀も驚愕《きょうがく》の表情で言った。

「亡くなった歳川さんの行章は、遺族が思い出の品として大切に保管しているはずです。それを見ず知らずの北林少年に渡すとしたら、どういう心境でしょう？」

　主水は自問した。

「明日、特攻に出発すると決まった兵士が」木村が呟いた。「出発の前夜、恋人に自分の形見《かたみ》として、髪の毛や使っていた万年筆、聖書などを渡す……って話を聞いたことがあるけどなぁ」

「北林さんは彼の恋人ではないですよ」

　難波が言った。

「分かんないけど、なにか……」美由紀が思いきり想像力を働かせて、言葉を絞り出す。「なにか、覚悟を秘めた行為をしようとした際、自分の大切な、存在証明を残すような思いで、たまたま出会った少年……それはまるで純粋な、天使に思えた？　その少年に、託したのかもね」

「特攻隊って、死ににいくんでしょう？　彼も死ぬつもりだったのかな」

　香織が、同意を求めるような不安げな表情で主水を見た。

　主水は、何も言わない。首を傾げ、体は固まってしまったかのようにピクリとも動かなかった。

5

「主水ちゃん、主水ちゃん」

大家が慌て気味に、支店のロビーに駆け込んできた。記帳台で老人の客に伝票の記入方法を説明していた主水は、驚いて振り向いた。

「どうしたのですか?」

「どうもこうもないよ。目撃者だよ」

「えっ、本当ですか」

「本当だよ。連れてきたからね」

大家の背後に、上品な雰囲気の女性が微笑みを浮かべて立っていた。服装は、グレーのパンツに明るいベージュのセーター、濃い茶色のハーフコート。なかなかおしゃれに決まっているが、還暦《かんれき》は過ぎているだろうか。

「すみません。こちらのお客様のご案内が終わりましたらすぐに参りますので、あちらの応接ブースでお待ちいただけますか」

主水は、ロビーの一角に設けられた相談客用のブースを案内した。

「いいよ、主水さん。後は自分で頑張って書くから。目撃者の話を聞いておいでよ」

老人の客が言った。

「えっ、でも……」

まさか客の方から言われるとは思わず、主水は困惑した。

「ラジオ体操の日に、俺も事件の話を聞いたからね。何か思い出せることはないかって努力したんだけど、すっかりボケちゃってね。まあ、書類の書き方くらい、分からなけりゃバンクンに教えてもらうさ。事件の解決を頼んだよ」

そう言うと老人客は、近寄ってきたバンクンの頭を撫でた。

「主水サン、お任せクダサイ」

バンクンが言った。

「ありがとうございます」

主水は、老人とバンクンに頭を下げた。

この街は、いい街だ。みんなが助け合おうとしている。感染症の拡大で、人と接することに誰もが疑心暗鬼になっているが、この街の人々は、それでもちゃんとつながっている。嬉しいじゃないか……。主水は心の底から温かい気持ちになった。そして、何としてでも事件を解決してみせるという使命感に燃えたのである。

「そうそう、主水さん、お願いがあるんだ」

応接ブースに向かおうとする主水を、老人の客が束《つか》の間《ま》、引き留めた。

「はい、なんでしょう」

「また、ラジオ体操をやってくれよ。あれ以来、自宅で毎朝やっているんだが、やっぱりみんなと一緒にやりたいからね」

「分かりました。必ずやらせていただきます」

主水は笑顔で答えた。

大家が連れてきた女性は、いったいなにを目撃したのだろうか？

まだ全く事件の全体像が摑《つか》めないでいる主水は、微《かす》かでも光明《こうみょう》が見えたら
……という思いで、ブースに向かって急いだ。

第三章　バイ・高田町《たかだちょう》

1

高田通り商店街は、新型ウイルス感染症の拡大で瀕死《ひんし》の状態に陥《おちい》っていた。特に飲食業は生死の境を越えて、もはや死んでしまったとも言えた。

街にはすっかり人通りが絶え、夜間に飲食を楽しむ人もいない。政府は「ＧｏＴｏイート」や「ＧｏＴｏトラベル」と名づけた補助金付きの観光業・飲食業支援キャンペーンを展開しているが、経済の先行き不安は拭《ぬぐ》えない。そのうえ因《いん》果関係《が》がはっきりしないとはいえ、感染症の拡大が収まらないどころか加速してしまっている。

このキャンペーンは税金によって実施されているのだから、早晩、予算が尽きてしまうことを覚悟しなければならない。「いつまでもあると思うなＧｏＴｏ予算」というわけだ。

観光業も飲食業も、補助金に頼らずとも集客する工夫をしていかなければいけない。それができたところが感染症危機の中での勝ち組となるに違いない。

多加賀主水は、感染症に負けない、活気ある高田町にするためにはどうすればいいか悩んでいた。

まず手始めに、先日ラジオ体操の会を実行した。これは年配者に好評だった。ぜひ続けて欲しいという声が強かったので「高田町ラジオ体操の会」を結成して、月に二回、定期的に実施することになった。寒さも手伝って引きこもりがちになる年配者にとっては、たった月二回であっても、新鮮な外の空気に触れ、体を動かすことの価値は大きい。

数日前、主水は生野香織や難波俊樹を支店の食堂に呼び集め、次なる策を講じるべく知恵を出し合った。

「人民の、人民による、人民のための政府って言ったのはリンカーンでしたっけ？」

その席で思いがけない言葉を発したのは、難波課長だった。難波は最近、やたら頭が冴《さ》えている。沼田信吾殺害事件においても、数少ない手がかりである古い行章が沼田とは別人のものであると看破《かんぱ》し、捜査の端緒《たんしょ》を開いた。今回も誰もが想像しない発言だった。

「Government of the people, by the people, for the people. ですね。リンカーンの有名な演説です」

香織が流暢《りゅうちょう》な英語で答えた。

「生野さん、凄《すご》いですね」

主水が驚く。

「昔、ＥＳＳに入部していたことがあるんです」

自慢げな顔で、香織が胸を張った。

ＥＳＳとは、イングリッシュ・スピーキング・ソサイエティの略だ。学校における英語サークルの名称としてよく使われている。

「だから、すらすら出てきたんですね」

主水は改めて香織を見直した。

「あの……発想したのは私なんですけど」難波がいじけたように言う。

「そうでしたね。すみません」

主水は苦笑した。

「ところで、なぜリンカーンなんですか？」香織が訊《き》いた。

「それよ、それ」と、難波は勢いよく体を乗り出す。

「なにが、それなんですか？」

「高田町の、高田町による、高田町のためのキャンペーンですよ」

「えええ？」

香織が首を傾《かし》げる。

「説明します」難波は居住まいを正した。「Ｇｏ Ｔｏは国の政策です。補助金は魅力ですが、もともと全国的に有名な観光地や、新宿《しんじゅく》駅周辺のような規模の大きな繁華街ばかりが潤《うるお》っているって言われます。それに、いつまでも政府の補助金にばかり頼ってはいられません」

「だから？　結論をお願いします」

香織が焦《じ》れる。

「高田町の住民で盛り上げるんですよ」

難波が語気を強めた。

「ちょっと何言ってるか分からないですね」と主水まで首を傾げる。

「私のアイデアはですね。高田町の住民であることの証明書を、我が支店で発行してあげるんです。例えば免許証とか保険証とかを拝見して、もし住所表記が高田町でないなら、我が行のお客様であることを証明してあげる。それを町内のお店で提示すれば、買い物や食事で値引きのサービスを受けられるようにするんです。高田町に住んでいてよかった、高田町に生まれてよかったってことになります。対象はこの町内に住んでいる人だけですから、まあ、密にならないでしょう……」

最後のところは声のトーンが小さくなったが、「自分たちの街は自分たちで盛り上げよう」というのはいいアイデアではないかと主水も香織も賛同した。

主水は早速、街の顔役である大家万吉に相談した。大家は二つ返事で「やろう！」と乗り気になってくれた。

値引きの負担は、とりあえず各店の負担となるが、街の賑《にぎ》わい復活のためには已《や》むを得ないと大家が説得に当たることになった。いずれは商店会の積立金を取り崩すことになるかもしれない。

高田町にあるのは、自営の店舗ばかりではない。チェーンのファストフード店や電器店もある。これらのお店は本部の承認が必要だと言い、最初は渋い顔をしていたが、最終的には賛成に回ってくれた。こうして、高田町の住民は地元で購買や飲食をする際、一〇％から三〇％の割引を受けられることになった。過度にならないようにすれば、違法ではない。

このサービスを受ける際には、基本的に住民票や免許証など、高田町の住民であることを示す公的な証明が必要だ。しかし、例えば故郷から上京してきた学生の中には、住民票を異動していない者がいる。そうした場合に、学生証や公共料金の支払い票などを持参すれば、第七明和銀行高田通り支店が独自の証明書を発行することにしたのだ。

「地元商店での値引きもいいが、預金金利はどうなのかね」と大家が訊いた。

「今は、定期預金も普通預金も、ほぼ金利はゼロじゃないか。これでは預金する楽しみがない。高田町の住民だけに、支店が少しだけでも金利を上積みしてくれたりはしないものかね」

今は自由金利の時代だろう、と大家は主張した。

提案を受け、主水は古谷支店長に掛け合ってみた。古谷も、主水の意向を受けて本部に掛け合ったが、残念ながら一支店だけの金利上積みは許可されなかった。

その代わり、頒布品《はんぷひん》の購入は地元からでもよいという許可が下りた。通常、ラップやティッシュなど預金者に配っている頒布品は、本部が大量に購入することで単価を抑《おさ》えている。

ただ、地元のお店で購入するとなると、本部一括購入並みの値引きは難しい。

また、自由化されたとはいえ、銀行が預金者に渡す頒布品は、あまりに高額だったり過度であったりすると問題にされる可能性がある。

この好機をどう活かすべきか主水たちは悩んでいたが、地元思いの主水たちのことを知った雑貨問屋《どんや》が、ひと肌脱いでくれた。こうしてラップやティッシュその他の家庭用雑貨を、極めて安い値で仕入れることができたのである。

「これで銀行も地域活性化の活動に大手を振って参加できますね」

雑貨問屋との取引が成立した日、香織が大いに誇らしい笑みを浮かべた。支店のロビーには大家万吉も顔を出していた。

「最近の銀行は、地元から離れようとしているように見えるね」

寂しそうな表情で、大家が呟いた。

ゼロ金利で収益が激減してしまった各銀行は、店舗の数を減らしたり、現金処理など人手がかかる業務を止めたりする動きを見せているのだ。

主水と香織、大家の三人が立ち話をしているところへ、古谷支店長が歩み寄ってきて加わった。

「高田通り支店は地元密着で行きますよ。銀行は、地域の要《かなめ》ですからね」

古谷支店長もなかなかいいことを言うじゃないかと主水は思った。銀行は地域の要。まさにその通りだ。産業、そして経済活動が衰退《すいたい》すれば、その地域から銀行はなくなってしまう。

「頑張《がんば》ってよ」

大家は、古谷を励ました。

コスト削減を迫られているのは、どこの銀行でも同じだ。第七明和銀行とて例外ではない。しかし、お客様との良好な関係を抜きにしての商売はあり得ない。そのことを肝《きも》に銘《めい》じ、高田通り支店のみんなは頑張っているのである。

難波が発案した地域活性化キャンペーンは「バイ・高田町」とネーミングされた。英語の「Ｂｕｙ」なら「高田町で買い物しよう！」という意味だ。また「Ｂｙ」なら、難波の言ったとおり「この町の住民による」キャンペーンという意味にもなる。

皆でポスターを作り、街角に貼った。配布用のチラシも作った。キャンペーン開始は明日からだ。

大勢の客に来てもらいたいと願っていたが、一方で、いわゆる「三密《さんみつ》」にならならならないよう警戒しなければいけない。主水も主催者側の一人として、支店を訪れた客の誘導を担当する。

「ところで主水ちゃん」大家が主水を見つめた。「あの目撃者の『欅《けやき》』のママさんは、役に立ったのかい」

大家が訊《たず》ねたのは、大家が連れてきた目撃者の女性のことだった。

先日、ラジオ体操の場で、沼田信吾殺害事件に関する情報の提供を呼び掛けたのだが、期待したような反応はなかなか得られなかった。がっくりしていたところへ、大家が目撃者を見つけて連れてきてくれたのである。

六十代の上品な女性は、山根雪子《やまねゆきこ》と名乗った。彼女は高田通り商店街の外れで、もう長いこと「キッチン欅」を経営している。大家とも親しい間柄だという。

「大いに役に立ちましたよ。ありがとうございました」

主水は改まって大家に頭を下げた。

「そうかい」大家は満足そうな笑みを浮かべた。「また他にも見つかったら連れてくるからね」

「思い出したんですよ」

雪子の証言は、主水を驚かせた。

*

十二年前の十二月。沼田の死体が発見された前日の夜、「キッチン欅」は満員の客で賑《にぎ》わっていた。忘年会シーズン、書き入れ時である。

雪子は目が回るほど忙しく、客から客へと飛び回っていた。ところがふと、店内のある一角だけ、妙に静かな席があるのが目に留まった。若い男が二人、向かい合ってなにやら真剣に話していた。頼んだのは、それぞれコーヒー一杯だけ。

そのうちの一人が沼田だった。もう一人は、雪子が初めて見る顔だった。

「彼らがいた時刻は？」

「はっきり覚えていないけど、夕方の六時過ぎから二時間以上はいたんじゃないかしら」

「混雑した日に、コーヒーだけで粘られたら困ったでしょう？」

主水が訊くと、雪子は優雅な笑みを浮かべた。

「まあ、そうね。でも帰って欲しいとも言えないから、仕方がないわね。だって沼田さんは、仕事中でもよく店に寄ってくれたから」

「何を話していたか、記憶にありませんか？」

　雪子は思いを巡らすような顔になった。

「水のお代わりを注《つ》ぎにいった際、ちょっとだけ話が聞こえました。『僕の決心は変わらない』とかなんとか」

「沼田さんが言ったんですか？」

「そうじゃなかったと思う」

「今頃、どうしてこの話をしようと思ったのですか？」

　主水の問いに、雪子はわずかに表情を曇らせた。

「だって誰も訊きにこなかったし、警察に関わるのは嫌だったからね」

「雪子ママは、信用のおける人だからね」大家が口を挟んだ。「沼田さんは、殺される前夜のひと時を『欅』で過ごしていたんだ。殺したのは、同席していた若い男かな」

　主水は首を傾げた。

「まだ何とも言えませんが、その若い男の特徴は何か覚えておられますか」

「あまり覚えていないけど……」再び雪子は考える様子になった。「すっきりした二枚目だったわね。沼田さんと同世代だと思う。覚えているのはこれくらいなのよ。ごめんなさい」

申し訳なさそうに雪子が目を伏せる。

「そんなことありません」主水は手を左右に振り、否定の意思を表した。「また何か思い出されたら、よろしくお願いします」

雪子は頭を下げ、大家とともに帰っていったのだった。

＊

「僕の決心は変わらない……」

主水は呟いた。

「十二年前、雪子ママが聞いたっていう言葉か」大家も腕を組んで考え込む。

「沼田さんと一緒にいた若い男のセリフだったね。どういう意味だろうね」

「はて……。何かを実行しようとしていたんでしょうか。決心というくらいですから」

主水はイメージを膨らませてみた。年末で喧騒《けんそう》の絶えない店内。客は歌い、騒いでいる。その一角に、ぽつんと穴があいたような空間がある。沼田と若い男が向き合って、真剣な様子で話し込んでいるのだ。酒も飲まずに、コーヒーだけを注文して粘っている。

沼田は訊く。

——本当にやるのか。

若い男は答える。

——ああ、僕の決心は変わらない……。

若い男は何者なのか？　沼田との関係は？　その日、高田通りで北林少年とぶつかったのは、どちらの男なのか……。

「もしかして、あの行章を北林さんに渡したのは、その日の夜に沼田さんと一緒にいた若い男ではないでしょうか？」

「な、なぜそう思うのかい？」

主水のいきなりの指摘に、大家はドギマギした。

「人は何かを決行しようとする時、自分の形見《かたみ》として——そして決意の証として、大切にしていたものを誰かに託すんじゃないですか？」

「主水ちゃん、その通りだよ。俺だってアメリカ軍の空襲で、もう死ぬかと思った時、好きだった洋子《ようこ》ちゃんに俺の髪の毛を切ってお守りに入れて渡したからな」

大家が懐《なつ》かしそうに目を細める。

「へえ、そんなことをしたんですか」

主水は微笑《ほほえ》んだ。

「六歳だったけど俺、マセていたからな。洋子ちゃんからもお返しに髪の毛を入れたお守りもらってさ。無事、大人になったら結婚しようって……。ああ、胸が熱くなるなぁ」

「その洋子ちゃんは?」

「はは、かわいい洋子ちゃんは、今はうちのこわい母ちゃんになっているよ」

大家はにやりとした。

「参ったなぁ」

主水は頭を掻《か》いた。

「さて主水ちゃん、今からどうする?」

「ええ。沼田さんの同僚だったという方に、会ってみようと思っています」

当時、沼田がどんな問題を抱えていたのか。それを知ることができれば、糸口が摑《つか》めるかもしれない。当時のことは、同僚が一番よく知っているだろう。

とはいえ、主水は一介の庶務行員に過ぎなかった。ちょっと情けないというか、憤《いきどお》りを覚えないこともないが、現実社会ではよくあることなのだ。仕方がない。

そこで古谷支店長に仲介《ちゅうかい》を頼んだところ、沼田と親しかったという元同僚に話をつけてくれた。その男に今から会いにいくのだ。

「そうか……頼んだよ」大家は、ぽんと主水の肩を叩いた。「俺は明日からのキャンペーンのチラシを配ってくるさ」

大家は元気よく支店から出ていった。

2

主水は休憩時間を利用して、第七明和銀行新宿支店に向かっていた。

沼田と同期入行の澤山智之《さわやまともゆき》は今、営業課の課長をしているという。

一方は殺され、一方は出世して大きな支店の課長を任されている。この差はいったいどうやって生じるのだろうか。主水は、考え込まざるを得なかった。

自分はどうかと問われれば、人生なりゆき任せで来てしまった。永遠の風来坊《ふうらいぼう》と言えば恰好《かっこう》もいいが、家庭を持たず、財産もない。また、これから家庭を持つ気もなければ、財産を築く気もない。

では何が強みかと言えば、何も持っていないということだろうか。何も持っていないから、守る必要がない。危険を顧《かえり》みず、突進できるのだ。

そこでふと、考えた。自分には本当に守るものがないのか。

いや、あるではないか。高田通り支店の仲間たち、高田町の人たち……。いつの間にか、彼らの存在が主水のかけがえのない財産になってしまった。

今回、沼田信吾殺害事件の解決に奔走《ほんそう》しているのも、彼らの役に立ちたいからだ。主水にとって金銭的な利益があるわけでもなく、馬鹿な奴だと思われるだろうが、自分で自分のことが愛《いと》おしくなるから不思議だった。

新宿支店は、新宿駅西口方面にある。主水は、駅地下から地上に出た。人通りは多い。感染症拡大の時節柄、全員がマスクをしているが、やはり人は、人との接触を求めているのかもしれない。

通り沿いに新宿支店の看板が見えた。

「ん？」

人混みの中から向けられる強い視線を感じ、主水は足を止めた。武芸百般に秀《ひい》でている主水は、人の気を感じることができるのだ。

主水は再び歩き始めた。その歩みは注意深く、格段に遅くなっていた。

悪意はないと思われるが、それにしても強い視線だった。出どころは分からないが、視線の存在は、はっきりと感じられる。人の流れが多いほど、自分に向かっている気が、際立つのだ。

「さて、どうしたものか」

主水は小さく呟いた。

新宿支店はもう目の前だ。主水は建物に入って、自分を尾行する人間を突き止めようと思った。

迷わず新宿支店の入口に立つ。ドアが左右に開いた。主水は、さも急いでいるかのように店内に入った。そして素早くロビーのソファに座り、雑誌を取り上げると、顔を隠して入口に視線を向けた。

「あっ」

主水は思わず声を上げそうになった。入口付近で店内を覗き込んでいる男を視界に捉《とら》えた。

「まさか……?」

主水は、自分を尾行していたと思《おぼ》しき男の意外な正体に、信じられない思いだった。

「お客様、お客様」

声をかけられて、主水は慌《あわ》てて雑誌から顔を離した。

「は、はい」

声をかけてきたのは、新宿支店の庶務行員だった。店に入ってくるなりソファに座って雑誌で顔を隠す男がいれば、主水だって怪しむだろう。

「お客様、ご用件を承《うけたまわ》りましょうか」

「あっ、そうでした」主水は立ち上がり、深く頭を下げた。「澤山課長とお約束しております。私、第七明和銀行高田通り支店の多加賀主水と申します」

「では、こちらで少々お待ちください。澤山に連絡しますので」

庶務行員は主水に頭を下げると、二階の営業室に続く階段を上っていった。

主水はソファに座りながら考え込んだ。なぜ〝彼〟が尾行してきたのか。単なる誤解なのか。どうにも理解が及ばない。

「お待たせしました」

主水が顔を伏せて考え込んでいると、突然、声をかけられた。ハッとして顔を上げると、やや太り気味の穏《おだ》やかな表情をした男が主水を見下ろしていた。

「はっ、どうも」主水は反射的に立ち上がった。「高田通り支店の多加賀主水です。お時間をいただき申し訳ありません」

「いえ、とんでもないです。沼田君のことですからね。澤山と申します」

澤山は笑みを絶やさず、名刺を差し出した。

「あちらに参りましょうか」

澤山は、ロビーの一角に作られた接客ブースを指さした。先導する澤山の後に、主水も続いた。

ブースに入ってドアを閉めると、澤山は急に厳しい表情になり、主水の前に座った。

「沼田の事件を再調査しているんですね」と澤山が切り出した。

「ええ」

答えながらも、先ほど自分を尾行していた男のことが、主水の頭からはずっと離れなかった。

「あの事件は衝撃でした。いまだ犯人が見つかっていないのにも腹が立ちます」

澤山は、表情を暗くした。

「沼田さんとは仲が良かったのですか？」

主水は早速《さっそく》質問に入った。昼の休憩時間はそれほど長くない。

「ええ、同期ですからね」

澤山はそっけなく言った。

「どんな方でしたか、沼田さんは」

澤山は記憶を掘り起こすかのように目を閉じ、そして開いた。

「良い奴でしたよ。普通にね」

「普通に？」

その表現が妙に引っ掛かり、主水は首を傾げた。

「普通ってことです。普通。とびきりお人よしでもなし、だからと言って嫌な奴でもなし。同期って難しいんですよ。仲は悪くないんですが、仲が良いとも言えないというか。ライバルだけど、切磋琢磨《せっさたくま》する仲というか……」

どうも歯切れが悪い。

「古谷支店長から、澤山さんが沼田さんと一番仲が良かったと聞いたものですから」

「そうですか。そう言われれば、そうかな？　一緒に飲みにいったりしましたからね。だけど沼田って、ちょっとプライドが高くってね。あいつ駿河丘大学出身でしょう？」

「ええ、そのようですね」

「結構、マイナーな大学なんですよ。僕は東都大なんですけどね」

澤山は自慢げな表情になった。東都大は国内最難関の大学で、エリートを数多く輩出している。一方の駿河丘大学は確かにマイナーだ。エリート大学ではない。

「それが関係するんですか？」

主水の質問に、澤山は「あれ？」という意外そうな表情をした。

「ああ、そうか。多加賀さんは庶務行員さんでしたね。あまり学閥《がくばつ》って関係ないですか」

「ええ、まぁ」

主水は少し不愉快な気分になる。確かに、出世とは縁のない庶務行員に学閥は関係ない。

「第七明和銀行は、学閥が少ない銀行ではあるんですが、それでも役員の多くは東都大なんですよ。東都大とその他って感じでね。僕は気にしないんですが、どうしても気にする奴がいてね」

「それが沼田さんですか？」

「ええ、そういう雰囲気でしたね」

澤山は、言いたくないことを口にしているのか、口角を歪《ゆが》めた。

「結構、ライバル心が強くてね。それが今ひとつ、親しくなれなかった理由ですかね」

沼田は、東都大出身の澤山にライバル心を燃やしていたということだろうか。

「沼田さんが殺されたことに関して、何か思い当たることはありますか？」

「当時、警察にも訊かれたと思うのですが……。余計なことを言うなって上から止められていてねぇ」

澤山は困惑した表情を浮かべた。「上」というのは、当時の支店長、大城からだろうか。

銀行をはじめ、大企業は警察の捜査に非協力的であると聞いたことがある。

かつて大手銀行である住倉《すみくら》銀行の名古屋《なごや》支店長が何者かに銃で殺された事件が

発生したが、いまだに犯人は逮捕されていない。その大きな原因として、住倉銀行が警察に非協力的であったことも挙げられているのだ。

「今なら話せるってことがあるんじゃないですか」

主水に迫られ、澤山は眉根を寄せた。そして首を傾げ、再び無言で記憶を辿《たど》る。

「今、高田町ファーストビルが建っている旧郵政公社の土地を巡って、沼田さんがトラブルに巻き込まれていたっていう話があるんですが……」

主水が水を向けると、澤山の右の頬《ほお》がぴくりと動いた。

「沼田は大城支店長に可愛がられていたんです」澤山は、何かを思い出したようだった。「同じ駿河丘大出身だからではないでしょうか。沼田は大城支店長から、あの土地絡《がら》みで何か特命を受けていたみたいで……」

「特命？」

「ええ、きっと上手く払い下げさせようということだったんじゃないですか。大城さんは、何かコネでもあるのか、相当な自信を持っていましたから」

「大城さんというのは、今、コスモスエステートの社長ですね」

「そうです。今や飛ぶ鳥を落とす勢いで、上場を目指して突っ走っていますね。

銀行の言うことなんか聞きませんよ」

澤山は苦笑した。

「その特命は上手く行ったのですか」

「だめだったみたいですね。結局、土地は如月不動産が取得して、ファーストビルを建設しました。沼田の遺体があの土地で見つかったというのも、因縁《いんねん》めいてます」

澤山は顔をしかめた。

「ところで沼田さんは亡くなる数時間前に若い男性と会っていたというんですが、誰だか心当たりはありますか?」

主水は「キッチン欅」の女主人、雪子の目撃情報を伝えた。

「誰でしょうね。支店の行員なのかな? 分かりません」

澤山は腕時計をちらりと見た。もう帰れという合図だ。

「もう一つだけ教えてください。歳川一郎という方はご存じですか? 本店営業部の副部長だった方です」

「知りませんね。その方、どうかしたんですか?」

「亡くなったのです。ひき逃げで。犯人はまだ捕まっていません」

「そうですか」

澤山の表情が一段と暗くなった。

「いったいなぜ沼田さんは殺されなければならなかったのでしょうか？」

主水は問いかけた。

沼田と親しいと聞いていた割には、澤山は調査に非協力的な印象を受けた。これが銀行員の保守性の表れなのだろうか。余計なことには関わりたくないという思惑《おもわく》が、主水にはありありと透けて見えた。

「さあ、誰かの恨《うら》みを買ったんでしょうかね」そう言って澤山が腰を上げた。

「同じ銀行に勤務していた行員が何者かに殺され、その犯人がいまだに捕まっていない。悔しくないんですか？　腹立たしくないんですか？」

主水も腰を上げたが、澤山に怒りをぶつけるかのように厳しい口調になってしまった。

澤山は困惑した表情で主水を見つめた。

「悔しいですよ。事件直後にもっと捜査に協力していれば、なんとかなったんじゃないですか。なんでも初動が大事だっていうでしょう。それが残念ですよ」

澤山は主水に反論するように、本音を吐露《とろ》した。

「つまり、誰かが捜査を邪魔したってことですか？」

主水が問《と》い質《ただ》すと、澤山の表情が険しくなった。

「当時の大城支店長ですよ。自分が一番可愛がっていた後輩の沼田が殺されたというのに……。何も喋《しゃべ》るな、でしたから」

澤山はついに怒りを顕《あら》わにした。

やはり大城が緘口令《かんこうれい》を敷いていたのだ。大城に会う必要があると主水は思った。何か重大なことを知っているに違いない。

「さて、どういうルートを使おうか？」

去っていく澤山の背中を見つめながら、主水は呟いた。大城は大物である。おいそれと面談に応じてくれるとは思えない。主水は思案し、首を傾げた。

主水は新宿支店の外に出た。支店入口に立ち周囲を見回したが、尾行者の姿はない。

「あっ」

主水は小さく声をあげ、体をかわしたが、遅かった。入店しようとする女性と肩がぶつかってしまったのだ。

「ごめんなさい」

女性は主水に頭を下げた。非常に恐縮した表情だ。「急いでいたので、気づきませんでした」

「こちらこそ、入口にぼうと立っていたのが悪いんです」

主水は女性を見た。美人だと思わず声に出しそうになった。ベージュのコートを羽織り、長い髪、小顔にくっきりとした目鼻立ち、赤く小さな唇。女優かと勘違いしてしまう。

「本当にすみませんでした」主水は再度謝った。

女性は、急いでいる様子で主水を振り返ることもなく支店内に入っていった。

「いけない、いけない」

主水は呟いた。先程の澤山との会話の内容を忘れそうになったのだ。

「俺は美人に弱いな」

主水は両手で頬をたたいた。ピシリという音とともに身も心も引きしまった気がした。

3

「大城元支店長が怪しいのかぁ」

生野香織は、パスタを器用にフォークで巻いて、口に運んだ。

「このビーフシチューは美味《うま》いですね。これが三〇％引きの一〇〇〇円で食べられるのは、本当にお得です」

難波課長が、とろとろに煮込まれた肉をナイフで切り分けている。

「私たちもキャンペーンの恩恵を受けていいのかしら。このオムライス、美味《おい》しい」

椿原美由紀は、とろとろの玉子がかかったオムライスをスプーンですくった。

「皆さん食べるばかりで、私の話を聞いてくれているのは生野さんだけですか」

主水はビーフカツレツをナイフで切り分けて口に運びながら苦笑した。ひと噛《か》みすると、サクッと衣《ころも》の切れる小気味良い音がする。

「だって……私たちは『バイ・高田町』の実行委員ですからね。事件解決も大事ですが、食事を味わうのも大事です」

パンをちぎってシチューにつけて頬張りながら、難波が言った。

「皆さん、楽しく食事をしていただいてますか？」

「キッチン欅」のママ、山根雪子が挨拶《あいさつ》しにきた。

「非常に美味しいです。これを三〇％引きで食べられるなんて幸せ過ぎます。申し訳ないです」

香織が顔いっぱいに笑みを浮かべた。

「でも助かっているんですよ。お陰様で、お客様も入っていただいていますから」

雪子が店内を見渡した。フロアに並んだ五つのテーブルは、既に満席である。待機列が延びてしきりに客が入れ替わっていくような印象はないが、家族連れや恋人たちが、ゆっくり食事を楽しんでいる。

「感染症の拡大でどこも大変ですが、政府や自治体に頼るばかりではなく、自分たちの街は自分たちで守るという気概が必要ですね」

難波が胸を張った。

「その通りですわ」雪子が笑顔になった。「あなた方のように街のために頑張ってくださる方がいるからこそです。とても感謝しています。他の商店街の方々も、高田町の取り組みを関心を持ってご覧になっているんですよ」

「そう言っていただけると嬉《うれ》しいですね。ねえ、主水さん」

難波が主水に笑顔を向けた。

「はい。キャンペーンが成功して嬉しいです。ところで山根さん」

「はい、何でしょうか？」

「あれから何か思い出されましたか？」

「ええ、思い出しましたよ」

雪子がにこりとした。

「思い出したのですか？」

主水は思わず、ビーフカツレツをごくりと飲み込んだ。

「沼田さんともう一人の若い方は、このテーブルに座っていらしたのです」

雪子は、今まさに主水たちが座っているテーブルを指さした。

「ここなのですか」

主水は呟いた。なんとなく感慨深いものがあった。

「ここで向かい合って、何やら真剣な話をされていたので、私、水を運んでくる
のにも緊張しちゃって。若い方が険しい表情で『絶対に明らかにしてやる』とか

言っていたような……。いえ、険悪な雰囲気というのではないんですよ。とにかく切羽詰《せっぱつ》まった真剣さを感じましたね」

「絶対に明らかにしてやる……ですか」

最近、名探偵ぶりを発揮している難波が復唱した。

「いったい何を明らかにしようとしていたのかしら」

美由紀が言った。

「二人は同じ問題を抱えていた味方同士なのか、それとも敵なのか？」

香織が呟く。

「主水さん、どう思いますか？」

難波は腕を組み、主水に話を振った。

「そうですね……」

主水は、曖昧《あいまい》に言葉を濁《にご》した。

「では皆さん、ごゆっくりしていってください。デザートも自慢ですからね。特にティラミスは本場仕込みですから」

にこやかに言うと、雪子は主水たちの席から離れた。

「ちょっと皆さん、いいですか」主水はナイフを持つ手を止め、香織たちを見つめた。「気になることがあるんです」

「なに、なに？」

香織が身を寄せた。

「今日、新宿支店の澤山さんを訪ねた時です。どうも誰かに尾行されている気配を感じたんです」

「えっ、誰に？」

美由紀が不安げな表情になった。

「それがですね。私にも意外過ぎて、いまだに訳が分からないんです」

主水は渋面《じゅうめん》を作って、首を傾げた。

「尾行してきたのは誰なんですか？　もったいぶらないで教えてくださいよ」

難波が焦れた。

「実は……北林さんだったのです」

主水は言った。

「えっ？」

香織が目を瞠《みは》った。

「北林さんって……十二年前に見知らぬ男から行章を託された、あの北林少年ですか？」

難波の声も驚きのあまり裏返っていた。

「そもそも主水さんに事件の真相解明を依頼した人でしょう？」

美由紀は目を丸くしている。

「はい。彼になぜ私を尾行する必要があるのか、さっぱり分かりません」

主水は首を捻った。

「北林さん、たまたま主水さんの後ろを歩いていただけじゃないんですか？」

香織が苦し紛《まぎ》れに言った。

「違いますね。私は新宿支店に入り、尾行者がどう行動するか窺《うかが》ったのですが、店の外から覗き込んで、私を捜している様子でしたから」

主水はその時の記憶を呼び戻していた。

「でも、なぜ、そんなことをしたんだろうね」

難波も首を傾げた。

「それが分かればいいんですけどね。本人に訊くのも、なんだか変でしょう？否定されればそれで終わりですからね」

主水は首を振った。

「そもそも北林さんが沼田さんの事件の再調査を主水さんに依頼したのはなぜなのかしら？」

香織が問う。

「大家さんからの紹介だったと聞いていますよ。主水さんは、人助けの有名人だから」と難波が答えた。

「それほどじゃないですけどね」

主水は照れた。

「事件解明の調査が順調かどうか、気になって尾行したのかしら」

美由紀が自問するように言った。

「それなら主水さんに直接、進捗《しんちょく》状況を訊けばいいだけじゃないかな」そう言いながらも、香織は深刻な表情を浮かべた。「何か別の意図がある可能性が考えられるわね」

「まあ、この話は、ちょっと置いておきましょう。いずれ分かる時がくるでしょうから」主水は話題を変えた。「それよりも大城さんにどうやって会うかです。彼はもはや、頭取をも恐れない大物になっていますからね」

「新田秘書室長も弱っておいでです」美由紀が表情を曇らせた。「吉川頭取を頭取とも思わず後輩呼ばわりで……。銀行から人を出向させようとしてもお断りになるし、ちょっとしたタブーですね」

「まあね、業績がいいからね。今の会社は別名大城不動産って呼ばれているから。アンタッチャブルですよ」

難波も困り顔だった。

「なぜそんなに力を持ったのかしらね。元々は銀行の関連不動産会社でしょう？」

香織が訊いた。

「ええ。それも不良資産ばかりだったそうです」難波が声を潜めた。「あまり大きな声で言えませんが、銀行の不良債権の飛ばしにも使ったことがあるみたいでね。大城さんは銀行内で常務まで出世したのですが、コスモスエステートの社長になった時はもう怒り心頭で、こんなボロ会社を俺に押しつけやがって！　と騒いだそうです。ですが、昨今の低金利と不動産ブームで一気に息を吹き返して……。政治力もあったんでしょうね」

「政治力ですか？」

主水が聞きとがめた。

「誰とは知りませんが、政治家とも親しいらしいですね」難波がますます声を潜めた。「そこから情報を得て、土地開発を進めたって噂もあるみたいですから」

「厄介ですね」

主水はため息をついた。

「厄介です」

難波が同意した。

「大城さんのことは主水さんにお任せして、私と美由紀は、歳川さんのご遺族に会ってきます。あの行章のことを訊いてきますね」

香織が弾《はず》んだ声で言った。少し沈んだ空気を変えようとしたのだろう。

「ご遺族と連絡が取れたのですか?」

主水が訊ねると、香織は一転して表情を陰《かげ》らせ、「それがね……」と美由紀を見た。

「人事部に問い合わせてみたのですけど、連絡はまだついていないんです」香織の代わりに、美由紀が答えた。「歳川さんが亡くなって十二年経って、合併も経《へ》ているのでフォローしていないみたいで……。それで登録してあった住所に行ってみようって。ねえ、香織」

「うん、とりあえずね。ダメなら木村刑事に頼んじゃおうかな」

香織が、頼りなげに微笑んだ。

「あのう、よろしいでしょうか？」

雪子がまた声をかけてきた。

「はい、なんでしょうか？」

主水は努めて明るい表情に戻して答えた。また何か新しいことを思い出したのかと期待が膨らむ。

「皆様のお話に出ていたのは、以前、高田通り支店の支店長をなさっていた大城さんのことでしょうか？」

雪子の表情が、少しぎこちない。迷いがあるようだ。

「そうですが、何か？」

主水が柔和《にゅうわ》な笑みで応じた。

「私のような者が僭越《せんえつ》かと存じますが、ご紹介いたしましょうか？　お会いになりたいご様子なので、お声をかけてしまいました」

雪子は、さも余計な口をはさんでしまったかのように苦笑いを浮かべた。

「えっ、本当ですか！」

主水と難波が同時に声を上げた。

「実は、大城元支店長様とは家族ぐるみのお付き合いで……。この店によく来られるのです。ちょうど明日、奥様とご来店の予定です」

雪子は事もなげに言った。

「本当ですか！」

今度は、香織と美由紀が声を上げた。

「支店長の頃、この店のことで本当に親身になっていただいたのです。今こうして営業できるのは、大城様のお陰だと思っております。今は、高田通り支店様とは大したお取引はございませんが、当時は融資をいただいておりましたからね」

「ご迷惑をおかけすることになりませんか？　せっかく奥様とお食事に来られるのに……」

香織が心配そうに言った。

「皆様は大城様の後輩にあたるわけですから、私がお世話になっているとご紹介するには問題ないと思います。もし込み入った話があれば、後日、なさればいいでしょう。その場でお約束されてね」

雪子がようやく安堵《あんど》したように微笑んだ。自分の申し出が迷惑ではないかと懸《け》念《ねん》していたようだ。

「お願いします」

今度は主水たち全員が声を上げ、雪子に頭を下げた。

「あらあら、どうしましょう。頭を下げられちゃったわね」

雪子が嬉しそうに笑みを浮かべた。

4

次の土曜日、主水は木村刑事とラーメン屋「初音」の前で待ち合わせをしていた。

第七明和銀行に勤務する身である主水は、なかなか自由に動けない。沼田殺害事件の真相究明には木村の協力が不可欠なのだが、相談したくてもその時間すらままならないのだ。そこで土曜日も営業している「初音」でタンメンを啜《すす》りながら、もろもろ話そうということになった。

その日は風が冷たかった。十二月に入り、本格的な冬の訪れを感じる。

そもそも、冬が暖かいとそれはそれで気持ち悪いだろう。日本は他国に比べて、地球温暖化に対する取り組みが弱いと批判されている。このほど政府は「二〇五〇年には温室効果ガスをゼロにする」と宣言したが、どうなることやら。

第七明和銀行をはじめ大手銀行も、石炭火力発電への融資をストップするなど、環境に配慮した融資態度を強《し》いられることになった。誰もが金儲けに走ったせいで地球環境を悪化させたのだから、真面目《まじめ》に責任を取らねばならない。

しかし主水は今、地球環境に思いを馳《は》せるよりも、沼田殺害事件——否《いな》、目の前のタンメンに心を奪われていた。

「おお、待たせたな。主水ちゃん」

「遅いじゃないですか。腹が減りましたよ。早く店に入りましょう」

主水は木村を待たずに店内に入り、席に着いた。すでに店内は満員で、店主に無理を言って二席を確保してもらっていたのだった。

「悪い、悪い」

少しも悪びれず、木村は主水の隣に座る。

「タンメン大盛り二つ」

木村は座るや否や、間髪容《かんはつい》れずに主水の分まで注文した。主水は気を削《そ》がれ、不愉快を顔に出す。

「主水ちゃん、大盛りダメ？」

あっけらかんと木村が訊く。

「大盛りでいいんですけどね、自分の分は自分で注文しようと思っていたんです。ここで親父さんにタンメンって頼むと、さあ、今から食べるぞって気力が溢《あふ》れるんですよ。その機会を奪われたから、ちょっと気勢を削がれたかなって」

「まあ、細かいことは抜きにしてさ。面白《おもしろ》い情報があるんだ」

木村が主水に身を寄せて小声になった。

「どんな情報ですか？」

主水も身を寄せて、声を潜めた。

「沼田の事件を調べていた当時の刑事からの話なんだけどね。沼田は、あの旧郵政公社所有の土地に絡んだトラブルに巻き込まれたんではないかって噂があった」

「それは聞いています」

「そのトラブルってのは、政治絡みだって言うんだ」

「政治？」

主水は興味をそそられた。

「郵政民営化の賛成派、反対派に分かれて、二〇〇五年九月に郵政選挙が行われた。その時、与党の民自《みんじ》党から飛び出した議員が大勢いただろう？」

「ええ、刺客《しかく》を送られた面々ですね」

木村の話はどこに向かっているのだろうか。主水は、当時の騒然とした政治を思い出していた。

郵政民営化一本で突っ走る大泉一郎《おおいずみいちろう》首相は、民自党内で変人と言われながらも、郵政民営化を国民に問うと言い、高い支持率を背景に総選挙に打って出た。対する民営化に反対の議員は、民自党を自《みずか》ら離党、あるいはやむなく離党に追い込まれた。彼らは新党・日本再生《にほんさいせい》党を結党したり、非公認のまま選挙を戦ったりしたが、惨敗《ざんぱい》した。

「あの郵政選挙で敗れた政治家たちは今、どうなっているか知っているか？」

タンメンが二人の前に運ばれてきた。温かい湯気が立ち上る。

「知りませんけど、もう我慢できません。食べながら拝聴《はいちょう》します」

主水はレンゲでタンメンのスープをすくい、一口飲む。温かく塩味の利いたスープが喉を通過し、胃の隅々まで行き渡る。冷え切った体が中からぽかぽかとしてくる。続いて一気に麺を啜り上げた。

「ああ、美味い……」

目を閉じ、思わず感激の言葉を漏らす。

木村も麺を啜り始めた。

「彼らのほとんどは今、民自党に復党して幹部になっているんだ」

木村は麺を口に含んだまま話を続けた。

「えっ、そうなんですか？　ではあの選挙はなんだったんでしょうね」

麺が口から飛び出そうになったのを、主水は無理に飲み込んだ。

「新党である日本再生党を作った議員たちは復党しなかったが、のちに時間を経て、数人を除いて皆が民自党に復党したんだ。まあ、あれは民自党を活性化させ、野党をぶっ潰《つぶ》す大泉首相の一種の大芝居ってとこだな」

木村はどんぶりを持ち上げ、レンゲを使わずにスープを飲んだ。

「私たち庶民が、政治に踊らされただけなんですね」

政治の裏側を垣間見《かいまみ》たせいで、心なしかスープの塩味もきつくなったような気がした。庶民は、声高《こわだか》に叫ぶ政治家に翻弄《ほんろう》されるだけだ。それは今も昔も変わらない。

「まあ、そういうことだ。それで本題なんだが」木村はさらに声を潜めた。「彼ら造反組の復党など、大芝居ともいえる民自党の大改革を仕切ったのは誰だと思う?」

「教えてください」

主水は、したり顔の木村を見つめた。

「現総理大臣の峯島康孝《みねしまやすたか》と、民自党幹事長の品川弥一《しながわやいち》なんだ」

「えっ、本当ですか。大物じゃないですか」

峯島は前首相が病気退陣した後を受けて、今年九月に圧倒的な党内支持を得て総理大臣に就任したばかりだ。それを強力に後押ししたのが、品川である。

「彼らは郵政選挙の時、それぞれ副大臣や選対局長という中堅より少し上くらいの立場だったが、圧倒的な力を発揮して選挙を仕切り、大勝利につなげたんだ。結果、造反組にも配慮し、のちの復党につなげた。こうした実績、そして恩が、二人を今日の立場に押し上げたってわけだ」

「話は面白いですが、それが沼田事件にどう結びつくんですか」

主水は焦れた。麺が伸び始めている。早く食べ終わりたい。木村はと見ると、これだけ熱を込めて話しながら、もうあらかた食べ終えている。さすが刑事だ。どんな場面でも急いで完食できる能力を備えているものと見える。

「こういう時に一番必要なものは何かと言えば、分かるよな」木村は鋭い視線を主水に向けた。「新党を結成したり、復党までのごたごたを調整したりするのに」

「金、ですか」

主水は答えた。

「さすが主水ちゃん、一発正解」

木村は主水に箸《はし》を向けた。身を寄せた主水に、危うく突き刺さりそうになる。その難は逃れたが、スープが主水のセーターに飛んだ。

「危ないじゃないですか。あらら、スープが……」

主水は情けない顔になり、ハンカチでセーターを拭《ぬぐ》う。

店主に感染防止のためだけでなく、スープ飛ばし防止のパーティションを要求しようと真剣に思った。

「五億、六億は必要なんじゃないか」木村は素知らぬ顔で先を続けた。「その金の工面《くめん》を歳川は担《にな》わされていたらしい」

「ひき逃げで亡くなった歳川さんがですか」

主水はハンカチを持った手を止め、思わず目を瞠った。

「ああ」木村は頷いた。「その金をどうやって作ったかは分からない。しかし、どうもあの土地が絡んでいるようなのだ。旧郵政公社の跡地がね」

「このすぐ傍《そば》の、高田町ファーストビルの土地……。沼田さんが遺体で発見された土地、ですね」

「その通り。沼田は歳川の指示で郵政選挙絡みの資金作りに関与して、トラブルに巻き込まれたんじゃないかって話だ」

話を聞き終えた主水は、首を捻った。

「でも郵政選挙は二〇〇五年、平成十七年でしたよね」主水は指を折って数える。「沼田さんが高田通り支店に転勤してきたのは二〇〇七年だから、平成十九年です。選挙絡みの資金なら、二〇〇五年から必要になるんじゃないですか?」

主水が疑問を呈《てい》すると、木村は少し困惑したような表情を浮かべた。

「……詳しいことは分からない。どんな金が彼らに必要になったかはね。さっき話したのは、あくまで当時の捜査官の想像だ。ただし、これだけは言える。当時、民自党の金づくりのために、あの土地は利用された。そこに歳川も沼田も巻き込まれ、殺された……。沼田、歳川の事件が結びつくわけだ」

主水は考えをまとめるために、タンメンに集中することにした。麺を食べ終え、残ったスープもあらかた飲み干す。体から脳にまでスープの栄養が行き渡ると、突如《とつじょ》、主水の頭が冴《さ》えてきた。

「木村さん。民自党が本当に資金を必要としたのは、郵政選挙ではなく、その後ではありませんか」主水は時折顔を俯《うつむ》けながら話し始めた。「私の記憶が間違っていなければ、大泉内閣は二〇〇六年、平成十八年まで続き、その後、矢部《やべ》内閣、岩福《いわふく》内閣、生島《いくしま》内閣と続きます。皆、短命内閣です。二〇〇七年に郵政民営化は成し遂げられますが「かんぽの宿」売却問題などでごたごたしたままです。また二〇〇八年にはリーマン・ショックで日本中が不景気になります。そして生島内閣が退陣し、二〇〇九年九月の総選挙で、民自党は国民の支持を失い、野党民生党、日本再生党などに大敗北を喫し、政権交代となります。大泉内閣後の国政は数年間、混乱と混迷を極めていたと言えるでしょう」

「うんうん」

　木村は主水の説明にいちいち頷く。

「こういう時こそ金が要るんです」主水は続けた。「木村さんがおっしゃった峯島、品川の両議員は大臣を経験し、民自党内で大きな力を持つようになります。特に品川は、民自党が大敗北した選挙の際の選対局長、かつ派閥《はばつ》の長です。金はいくらあっても足りません。ちょうどその時期と歳川、沼田事件の時期が重なります。二〇〇八年十月、十二月ですからね」

「それだ！」

木村が声を上げた。

「シッ」

主水は慌てて木村の口を塞《ふさ》ぎ「店を出ましょう」と言った。

主水と木村は代金を支払い、外に出た。風は冷たいが、タンメンの温かさが残り、震えるほどではない。

「それにしても主水ちゃんの記憶力は凄いね」

歩きながら、木村が感心したように言った。

「えへへ。実は、これです」

主水はスマホをポケットから取り出して、木村に見せた。そこにはバンクンからの情報が届いていた。

「じつはメッセージ機能を使ってバンクンに問い合わせて、情報を提供してもらっていたんです。バンクンのＡＩのお陰ってわけですよ」

「なんだ、バンクンの知識を借りたのか。だからさっき主水ちゃんは、ちらちら下を見ながら話していたんだね。人間はＡＩに負けるね。でも推理したのは主水ちゃんだからね。その推理、当たっているかもな」

「もし当たっているとすると、とても私たちでは手に負えない……。なにせ首相と幹事長にまでつながる可能性があるんでしょう?」

「うん、まあね」木村は眉根を寄せ、困惑した顔になった。「しかし殺人事件の犯人を捕まえるのに遠慮は無用だ」

「その通りです。これが高田町ファーストビルですね」

主水は、寒々とした鈍色《にびいろ》の空を突き刺すように聳《そび》えるビルを見上げた。

その時、ビルの正面に、黒塗りの大型車が停《と》まった。トヨタのアルファードだ。ふと気になった主水は、車内から誰が降りてくるのか目を凝《こ》らした。

「あっ」

ドアが開いた瞬間、主水は小さく叫んだ。

「あの男ではないか」

主水と何度も対決した謎の男——広域暴力団天照竜神会《てんしょうりゅうじんかい》のトップ町田一徹《まちだいってつ》の配下といわれる男だ。

男の人相風体《にんそうふうてい》は、以前と違ってはいるが、主水だけに分かるオーラを全身から放っている。

間違いない、あの男だ。

主水は確信した。

男が車のドアの前で深々と頭を下げている。次に車から降りてきたのは……。

「あっ」

今度は、主水と木村が同時に声を上げた。それは民自党幹事長で最大の実力者、品川弥一だった。

まさか男は、品川の秘書になっているのだろうか。

男が、顔を上げた。ほんの一瞬、主水と視線が合ったような気がした。男が、にんまりと口角を引き上げた。否、勝手にそう見えただけかもしれない。

品川は、まっすぐにビルに向かって歩き出した。男もその後に従った。

「えらいことになるかもしれんなぁ」

木村がため息交じりにこぼした。

「はい……」

主水は、品川と男が消えたビルをじっと見つめていた。

第四章　ＰＣＲ詐欺

1

多加賀主水と生野香織は「キッチン欅」に向かっていた。元第七明和銀行高田通り支店長の大城が、夕方六時に夫婦で食事に来る予定になっている。

大城は支店長時代から「キッチン欅」の馴染《なじ》み客であり、オーナーママの山根雪子にとっては公私ともに世話になった相手だという。沼田信吾が殺害された当時、支店長を務めていたことから、真相解明のキーマンといえる。

だが、一介の庶務行員に過ぎない主水にとっては、非常に高い壁をよじ登らねば会えない相手だった。というのも、大城は現在、不動産会社コスモスエステートの社長であり、今なお第七明和銀行に対して多大な影響力を持っている大物だからだ。

コスモスエステートは、かつて旧第七銀行の系列会社だった。旧第七銀行と旧明和銀行の合併後は、第七明和銀行系列の不動産会社となっているが、同行は同社の株を約五％しか所有していない。他の株主は、旧第七銀行系列の会社や取引先企業、そして大城個人等である。従って第七明和銀行といえども一株主としての影響力しか行使できないのである。まして、大城が社長に就任して以来、積極経営に転じ、折からの低金利による不動産ブームに乗り、今や上場を果たさんとする勢いで成長しているとなると大城の力は絶大となり、同行は、その経営に口出しできない。それどころかむしろ、大城の方が第七明和銀行の役員人事に口を出すほどになっている。

おいそれと会ってもらえる相手ではない。如何《どう》したものかと苦慮していたところへ、なんと雪子が紹介すると言ってくれたのだ。渡りに船とはこのことで、主水は早速、香織とともに「キッチン欅」で大城を紹介してもらうことにした。

もともと一人で行くつもりだったのだが、香織が絶対についていくと言って聞かなかった。もっとも、香織の目的は「キッチン欅」の洋食にもあるようだ。その日は朝から主水の傍《そば》に寄ってきて、カツレツにしようか？　それともクリームコロッケにしようか、オムライスも頼んでいいか……などと囁《ささや》きかけてくる。主水が奢《おご》ると約束をした覚えはないのだが、すっかりその気だった。財布の中身を気にしながらも、主水は「ワインも飲んでいいよ」と言ってしまったのである。

「あれはなんでしょうか?」

主水は、駅前広場に停まっている大型の献血バスのような車を指さした。街灯に照らされて、多くの人がバスの前に列をなしている。

「民間でPCR検査を実施しているんですよ、主水さん。私も受けようかな」

香織が教えてくれた。

「PCR検査ですか」

未だに東京を中心に感染症の拡大が終息しない。ウイルスに感染した陽性者は全国で一日二〇〇〇人を超え、政府は二回目の緊急事態宣言の発出を検討し始めた。

日本における緊急事態宣言は、諸外国のロックダウン——都市封鎖ほど厳しくはないが、それでも飲食店の営業時間は夜八時までといった制限が設けられる見込みだ。飲食店の経営はますます厳しくなる。

経済と感染症拡大阻止との両立は、本当に難しい。あちらを立てればこちらが立たずとは、このことを言うのだろう。

「香織さん、ＰＣＲ検査ってなんの略語だか知っていますか？」

主水の質問に香織が「えっ？」という顔をした。「ポスト・コロナじゃないんですか？」

「ポスト・コロナでＰＣＲか。上手い！」

主水が笑った。

「あぁ、主水さん、馬鹿にしてるな」

香織が膨《ふく》れる。

「ポリメラーゼ連鎖反応。ポリメラーゼ・チェイン・リアクションの略ですね。ポリメラーゼっていう酵素《こうそ》の働きを利用して、ほんの少しのＤＮＡサンプルの遺伝子情報を指数関数的に増幅《ぞうふく》させて、その情報を読み取る技術らしいですね」

淀《よど》みない主水の説明に、香織は呆気《あっけ》にとられた様子だった。

「主水さん、凄《すご》いですね」

「いやぁ、それほどでもないですが。でも、保険の適用を受けずに検査するとなると、たしか数万円する高額なものだったはずですが、民間でもやるようになったのですね」

「そうなんですよ。随分、価格が安くなって。今では二〇〇〇円台のもあるようです。しかもネットで買える検査キットもあるのだとか」

「ネットですか？　それはたいしたものだなぁ」

「日本は、他国に比べて検査数が少ないって批判されていたでしょう」

「そうですね」

「あるデータによると、六月末時点で人口一〇〇〇人当たりの検査数が、アメリカが九七・三人、イギリスが七三・六四人、韓国が二四・四四人。それに対して日本は五・三人なんです。街の至るところで検査が受けられる韓国を見習うべきだって声もありました」

「そうでしたね」

主水は、ＰＣＲ検査の拡充を主張するテレビコメンテーターや学者の顔を思い浮かべた。中には、全国民を検査すべきだという意見もあった。

「これに対して批判的な人もいます。検査しても陽性者の三割はスルーしてしまうんだとか、そんな人が自分は陰性だと安心して動き回ると、他人に感染させてしまうとか。だから検査を盲信するなって……」

香織が表情を曇らせた。

「いずれにしても無症状の人がいるっていうのは厄介ですね。相手は目に見えないウイルスですから、私たちはマスクをして、大人数の会食は避けるっていうことしか身を守る手段がないんですね」

「そういうことです。主水さんもご高齢ですから、気をつけてくださいね」

香織が心配そうな、あるいは皮肉たっぷりな、どちらともとれる表情で言った。

「えええ、私も高齢者に分類されちゃうんですか」

主水が、哀れな顔をした。

「私から見れば、十分、高齢者ですよ」

香織が笑みを浮かべ、足を速めた。香織の肩越しに「キッチン欅」の看板が見える。

2

「大城さん、ちょっとお邪魔していいかしら?」

雪子が、ワイングラスを傾けている大城に声をかけた。頭髪は光沢《こうたく》のあるシルバーグレイで、眉だけは黒々としている。大きな瞳は意志の強さを表しているようだ。がっしりとした体軀《たいく》に、高級な、やや青みがかったグレーのスーツを着ている。還暦《かんれき》過ぎとは思えない、精力的なエネルギーが発散されていた。

大城の対面に座っているのは、細身の美しい女性だった。大城より随分と若い。四十代ではなかろうか。

「何かな？　ママ」

ワイングラスを置いた大城が、雪子に視線を向ける。

「私がお世話になっている第七明和の高田通り支店の方をご紹介したいのですが」

「高田通り支店の行員かね」

大城がわずかに眉間《みけん》に皺《しわ》を寄せた。食事を中断させられた不満なのかどうかは分からない。「いいかい？　多恵《たえ》」大城は、目の前の女性に訊《き》いた。

「よろしいんじゃないですか。高田通りの方とお会いするなんて久しぶりですから」

多恵と呼ばれた女性が微笑《ほほえ》む。

「申し訳ございません。奥様」雪子が頭を下げた。「どうしても大城さんとお話ししたいということのようですので」

「ではここに呼んでください」

大城の了解を得た雪子は、後方に離れて待機していた主水と香織を手招きした。

二人はやや緊張した面持《おもも》ちで、大城のテーブルの前に進み出た。

「こちらは、高田通り支店の多加賀主水さんと生野香織さんです」

雪子が紹介する。

「お食事中、申し訳ございません。私は高田通り支店の庶務行員、多加賀主水と申します」

主水は思わず声をあげそうになり、慌ててそれを飲み込んだ。大城の前に座っている女性に見覚えがあったからだ。

新宿支店に澤山を訪ねた際、支店の入口で肩がぶつかった女性に間違いない。その美しさに目を瞠《みは》り、心がときめいたことをはっきりと記憶している。

しかし、彼女は主水を覚えていないのか、特別な反応はない。それが少し残念な気がする。

「ん？　庶務行員さんかね」

大城は怪訝《けげん》な表情を隠そうともしなかった。

「私は事務職の生野香織です」

主水に続いて、香織も頭を下げる。

「用件は何かな？　手短に頼むよ」

大城は言い、ワインを口に含んだ。

「本当に申し訳ございません。では早速ですが、大城様は沼田信吾さんを覚えておられますか」

単刀直入に、主水が切り込んだ。

「沼田信吾？」大城の表情に、にわかに険《けん》が走った。「ああ、覚えているよ。不幸な亡くなり方をした行員だ」

「二〇〇八年十二月に、何者かによって殺されました。事件は未解決です」

「そうか。まだ犯人は捕まっていないのか」

「はい」主水は頷いた。「大城様に、当時のことをお伺《うかが》いしたいと思いまして。一度、お時間をいただきたいと、山根さんに無理を申し上げて、この場に参上いたしました」

「まさか君たちが犯人を捕まえようとでもいうのかね」

大城は首を傾げた。

「捕まえられればいいですが、少なくとも真相を解明したいと思っています」

「なぜ庶務行員ごときが……失礼、刑事でもないのに、どうしてそんなことをするのかね」

「事件が未解決なのは、同じ銀行に働く者として問題だと思います。他意はありません」

主水は淡々と答えた。

「あなた、あの沼田さんの事件でしょう？　あの時はショックだったわね」

多恵が口を挟んだ。主水を一瞥《いちべつ》したが、やはり表情に変化はない。残念だが、仕方がない。新宿支店の入口で肩がぶつかっただけの男の顔を記憶している方がおかしいと言える。しかし、多恵の美しさに主水は見惚《みと》れてしまいそうだ。

「奥様も沼田さんをご存じなのですか」

香織が訊いた。

「ええ、一緒に働いていましたから。真面目《まじめ》な方でしたよ」

多恵が、大城を気にするような素振りを見せて言った。

「余計なことを言わなくていい」

大城が多恵を遮《さえぎ》った。多恵は何か言いたげな様子だったが、口をつぐんだ。

「分かった」大城が顎《あご》を引いた。「ここでは十分に話をできないから、明日十一時、私の会社を訪ねてきなさい。そこで話を聞こう」

「ありがとうございます」

主水と香織は揃《そろ》って頭を下げた。

「もう一度訊くが、君は庶務行員なんだろう？　どうしてこんな刑事か探偵のような真似をしているんだね」

「はあ。僭越《せんえつ》なお答えになるかもしれませんが……誇りのためです」

大城の問いに、主水は言葉を選びながら答えた。

「誇り？」

虚を突かれたように、大城は首を傾げた。

「合併前のこととはいえ、同じ銀行の仲間が何者かに殺された。にもかかわらず全く真相解明の努力がなされていない。これでは殺された沼田さんが浮かばれませんし、銀行も咽喉《のど》に棘《とげ》が刺さったような状態で、そこからじくじくと膿《う》んでしまうことでしょう。事件の真相を解明することで棘を抜き去れば、銀行は健康になります。銀行が健康を取り戻せば、行員たちも誇りを取り戻すことができます。庶務行員の私とて同じです」

「すると、今は、誇りがないのかね」

「ないとは申し上げません」主水は大城をまっすぐに見据《みす》えた。「しかし銀行が、行員を最後の最後まで見捨てないと分かれば、皆、働く喜びに溢《あふ》れます。誇りとは、働く喜びだと思います」

「私たちの支店の行員だった方が殺されたのに、犯人が見つかっていない。こんなことを放置しておけません」

香織も言葉に力を込めた。

「そうか。分かりました」大城はワインを一気に飲み干すと、自らグラスにワインを注ぎ入れ、高く掲《かか》げた。「君たちの青さ——否《いな》、誠実さに乾杯だ」

大城に向かって深々と頭を下げた主水は、雪子にも礼を言い、香織を促《うなが》して店を出た。

「改めて、どこかで食事でもしますか?」

しばらく歩いたところで、主水が提案した。

「嬉しい」香織が相好《そうごう》を崩した。「キッチン欅にいた時から、お腹がグーッて鳴っていたんです」

「では、そこの中華屋さんに入りましょう。結構、美味いんですよ。最近、雑誌の『町中華特集』でも取り上げられていました」

主水は高田通りの中華「毛家食堂《もうけしょくどう》」の前に立った。

「入りましょう。この店、私も来たことがあります。餃子《ぎょうざ》がめちゃめちゃ美味しいんですよね」

言うや否や、香織が店に入った。主水も続く。

「空いていますね」

主水は愕然《がくぜん》とした。いつもなら満員なのに、客はまばらだった。

「いらっしゃいませ」女性店員が近づいてきた。「検温と手の消毒をお願いします」

そう言って、非接触型検温器を主水に向ける。「お願いします」と、主水は手首を差し出した。

「ありがとうございます。消毒をして席におつきください」

香織も同じように検温と消毒を済ませ、席についた。

「日中、何度もアルコール消毒するでしょう。もう手が荒れてしまって仕方ないです」

座るなり、香織が顔をしかめる。

「私もです」

主水はカサカサになった指を香織に見せた。いつまでこんな日々が続くのだろうかと、いささかうんざりしてしまう。

「やっぱりみんな警戒しているのか、空いていますね」

「『バイ・高田町』のキャンペーンをもっと強化しないとだめですね。このままだと街の賑わいが失われてしまいます」

香織が真剣な顔で言った。

「飲食店の皆さんもかなり頑張ってくださっていますが、如何《いかん》せん、お客様が二の足を踏んでいますからね。この店のように、皆さん予防策を徹底しているというのに」

毛家食堂ではテーブル間の距離を離し、アクリル板を設置している。模範的な店だ。

「みんなが検査を受けて陰性だと判明しなければ、食事もできないってことかなぁ」

香織が悲しそうに呟いた。

主水は、歩み寄ってきた女性店員に生ビール二つと餃子、ピータン豆腐、春巻き、黒豚の酢豚、八宝菜《はっぽうさい》を頼んだ。

テーブルに料理が並ぶと、香織の目が輝きを取り戻した。生ビールで乾杯する。

「ところで大城さんの奥さん、多恵さんっていいましたね、彼女は高田通り支店の行員だったのですね」

主水が切り出した。

「そうなんですよ。でも凄い美人でしたね」

香織は酢豚を口に入れたまま主水を見た。

「美しい人ですね」

主水は感に堪《た》えない様子で小さくため息をついた。

「主水さんの好みなタイプなんですか？　私はなんだか冷たい人のように思えましたが……」

「好みのタイプとか、そんなことありませんよ」主水は強く否定した。

「怪しいな。綺麗な薔薇《ばら》には棘《とげ》があるって言いますよ。主水さんも気をつけてください」香織は皮肉っぽく微笑んだ。

「大人をからかうんじゃありません。そんなことより行員だったって知っていたんですか」

「調べたんです。主水さんにいつ報告しようかと思っていたんですけどね。ちょっと失念していました」

香織は申し訳ないという表情をしつつも、次は餃子に手をつけた。かなり空腹だったようだ。

「では今、教えてください」

主水は、やや不服の意を滲《にじ》ませて語気を強めた。どんな些細《ささい》な情報でも共有しないと、真相は解明できないからだ。

香織が箸を止めた。

「大城多恵、旧姓如月多恵。現在四十二歳。一九九八年に短大を卒業して旧第七銀行に入行。高田通り支店に勤務し、二〇一〇年に大城支店長と結婚しました。その時、大城支店長は、銀座《ぎんざ》支店長に転勤されていました」

「高田通り支店時代から関係があったのかな」

呟きつつ、主水も餃子を口に入れた。酢と胡椒《こしょう》をつけて食べるのが、主水の流儀だ。餃子を噛《か》むと、肉汁が口に溢れた。あのような美人を妻に娶《めと》るとは、という大城に対する嫉妬心を食欲が抑えてくれないかと、たて続けに二個の餃子を口に入れた。

「大城元支店長は当時五十二歳でしたから、二十歳もの年の差婚でした」香織が身を乗り出すように話す。この手の話に興奮するようだ。「当時の話を退職した女子行員に聞いたのですが、結構、話題になったようですよ。玉《たま》の輿《こし》に乗ったとか、不倫だったとか」

「不倫？」

つい先ほど目にした夫婦の様子を思い出し、主水は驚いた。

「支店の人たちは誰も気づいていなかったようで、二人の結婚が決まると、裏ではいろんな噂《うわさ》が立って大変な騒ぎだったらしいですよ。実際、大城元支店長は前の奥さんとの離婚に手間取ったみたいですが、ようやく決着してゴールイン。まあ、よくある話ですね」

香織は、餃子にタレをたっぷりつけて頬張《ほおば》った。

「奥さんは沼田さんのことを知っていましたね」

「ええ。沼田さんが転勤してきた当時、もう彼女はベテランでしたから、沼田さんの世話もしたんでしょうか。沼田さんは真面目な方だったっておっしゃっていましたけど……」

「そういえば、奥さんの旧姓は如月ですか。どこかで聞いた気がしますね」

「如月……。北林さんが勤務しているのが、たしか如月不動産という会社でしたね」

香織がぽつりと呟いた。

「そうですよ」主水の声が思わず大きくなった。うっかり飛沫《ひまつ》を飛ばしそうになって手で口を覆《おお》い、周囲を窺う。「奥さんは如月不動産と、何か関係があるのでしょうか？」

「調べてみましょう」香織は力強く言い、続けた。「チャーハンも頼んでいいですか？」

主水は香織の旺盛《おうせい》な食欲に驚きつつも、明日の大城への質問を考えていた。

3

翌朝、開店準備を終えた主水は、入口に立った。こうやって開店一番、客にお辞儀をして感謝を伝えることを日課としているのだ。

しかし感染症の拡大により、銀行は来店する客を極力減らそうと努めている。

リモートで用件が満たされれば、来店する必要がないというわけだ。

やや穿《うが》った見方だが、訪れる客が減少すれば、こんな立派な店舗も不要になる。どんどん街から銀行の店舗が消えていくだろう。銀行としてはコストダウンになっていいのかもしれないが、客はそれで本当に満足し、なおかつ銀行を信頼してくれるのだろうか。

銀行は街にあって、行員たちが客と触れ合い、人々の喜びや悲しみを直接感じてこそ成り立っている事業ではないだろうか……。

「余計なことを考えていないで仕事モードにスイッチを切り替えよう。今日は大城に会わねばならないから」

主水は、自分に言い聞かせていた。

入口のシャッターが上がり、開店時刻を迎えた。今日も無事に一日が過ごせますように。そう祈って、隣のバンクンの頭を撫《な》でる。バンクンは小さく頷いた。AIロボットのバンクンは、最近とみに人間っぽくなってきた。冷たい頭越しに、バンクンの緊張や意気込みが伝わってくる。

「主水ちゃん、大変だよ」

シャッターが開くと同時に大家万吉が飛び込んできた。

ああ、やっぱりだ。無事な日なんて一日たりともありゃしない。

主水は顔をしかめた。

「おはようございます。なんでしょう？　朝っぱらから」

「詐欺だよ。詐欺」

大家が慌てふためいている。

「詐欺ですか？」

「そう、ＰＣＲ詐欺」

昨日、駅前広場で検査車に人々が列をなしていた光景を主水は思い出した。

「落ち着いて話してください」

主水に促され、大家は胸に手を当てて息を整えた。ふーっと息を吐き、話し始める。

「昨日、キクさんやヤエさんのところに、白衣姿の男がやってきたんだ。マスクで顔もろくに見えないが、保健所から来ましたって名乗ってね。そしてＰＣＲ検査をしますと言って試験管に唾液《だえき》を取っただけで、一万円も請求したんだってよ。検査結果は翌日ご連絡しますなんて言って」

「支払っちゃったんですか？」

PCR検査は数万円かかる高額なものだが、最近は民間が進出し、値下がりしたと香織が話していたが……。

「払ったんだとさ。白衣の男の話術がまた巧《たく》みだったらしい。今まで四万円もしていた検査を、国の方針で検査件数を増やせと言われましてね、保健所でも思いきって一万円に値下げしましたから。検査で陰性となればどこに出かけても安心ですよ、検査件数の増強にご協力をお願いしますってね」

大家が目を伏せる。キクさんやヤエさんのことは知らないが、きっと大家と同じく高齢者なのだろうと主水には察しがついた。

「今、保健所も大変なんですよ。そんな訪問販売みたいなことはするはずないじゃないですか」

主水は思いきり眉根を寄せた。

「そうなんだよ。少し考えたら分かるんだけどね。でもテレビでさ、検査数が少ないのがこの国の大問題だって騒いでいるだろう？　年寄りはね、国の問題だと言われたら弱いのよ」大家は情けない顔をした。「男が帰ったあと、ちょっと心配になったキクさんが保健所に問い合わせたら、そんなことはしてませんって言われたんだ。キクさん、ショックで寝込んじゃったよ。コロナじゃなくて、コロナ詐欺ショックでね。あの人、気が強いだろう？　振り込め詐欺には絶対に引っ掛からない、電話してきたら取っ捕まえてやるって言っていたくらいだから」

主水は、キクさんの顔を想像した。きっと大家と同じく、とても八十代には見えない矍鑠《かくしやく》とした老婦人なのだろう。

「それでどうするんですか？」

「詐欺師が街で暗躍しているって、みんなに警戒を呼び掛けて回ることにしたんだ。もし詐欺師を見つけたら捕まえてやる」

「木村刑事には相談しましたか？」

「警察に相談する前に主水ちゃんだよ」

そう言って、大家が笑みを浮かべる。主水は苦笑した。頼りにされるのは嬉しいが、警察より先とは、ちょっと行きすぎだ。

ふいに北林隆司の顔が思い浮かんだ。彼も沼田殺害事件について、警察に相談しないで主水に相談してきた。頼りにしているのか、それとも別の意図があるのか。

「危ない連中かもしれませんから、捕まえるなんて考えない方がいいんじゃありませんか？」

「だから主水ちゃんに相談しているんだよ。主水ちゃんなら、どんな場面でも臨機応変に対応してくれるだろう？　そこが警察とは違うんだよ」

北林も同じことを考えて、主水に沼田事件のことを相談したのだろうか。どんな事態になっても臨機応変に対応してくれると期待して……。

「頼む。主水ちゃん、一緒に巡回を手伝ってよ。年寄りの住む家に注意を呼び掛けるんだ」

真剣に頼み込まれ、主水は困った。今日は十一時に、日本橋《にほんばし》にある大城の会社に行かねばならないのだ。

勿論、庶務行員としての日々の業務もある。勝手に外を出歩くわけにはいかない。

「私が支店長に頼んでやるよ」大家が強引に話を進めようとした。「銀行は、この街のためにあるんだろ。主水ちゃんが街のために働くことは、銀行のためになることなんだから」

「分かりました」主水は諦《あきら》めて、難波課長に外出許可を申請することにした。

「バンクン、留守番、いいかな？」

「お任せクダサイ」

バンクンは可愛《かわい》らしく二回、頷いた。

「では、ちょっと課長に断ってきます」

ロビーに大家を残し、主水は難波課長の席に歩み寄った。いつも通り難波は危機感のない様子で、退屈そうに書類を眺めていた。

「課長」

主水が声をかけると、難波の表情が急に生き生きとし始めた。

「主水さん、沼田事件で進展ありですか?」

「いえ、そうではありません」

「なんだ……そうですか」

難波は再び退屈そうな顔になった。

「今、大家さんが来られまして、街の巡回に同行して欲しいとおっしゃるのです」

「なぜ巡回を?」

「PCR詐欺師が高田町に現れたそうです。お年寄りの家庭を白衣姿で訪問し、保健所の職員を名乗って唾液を採取して、検査代として一万円を騙《だま》し取るんだそうです」

「やっぱりね」難波が顔をしかめた。「そういう不埒《ふらち》な奴が現れると思っていましたよ。検査がなかなか受けられないって問題になっていますからね。分かりました。巡回に行ってください。留守番はお任せください」

　難波は胸を張った。

「ありがとうございます」

　主水は頭を下げた。

「主水さん、疑問を一つ。沼田さんはどうして寒い夜の遅い時間に、殺害された場所にいたんでしょうか？　よほど重大な用事があったんでしょうね。例えば、とても大事な人に会わねばならなかったとか」

　主水に語り掛けるというより、自問自答するように難波が言った。

「ええ、そうだと思います」

　主水は返事してから大家のもとに行き、支店の外に出た。

　重大な用事に、大事な人……。主水の頭に、難波の言葉が深く刺さっていた。

　沼田は誰かを待っていたのだろうか？

「主水ちゃん、本当に悪いね」大家は申し訳なさそうに通りを歩く。「ところで、沼田事件に進展はあったかい？」

「中根雪子さんから、元支店長の大城さんをご紹介いただいたので、かなり進展するんじゃないかと期待しています。大家さんのお陰です」

「おお、そうかい、そうかい」

大家は喜んだ。中根雪子は、彼が主水に紹介した女性である。

「まずこの家から始めよう」大家が手許のリストを見ながら、一軒の古い木造家屋の前で立ち止まった。「エミコさんの家だ。八十歳で一人暮らしなんだよ」

大家が手に持っているのは、高田町内で六十五歳以上の人が住む家のリストだ。主水は、そのリストそのものが悪い奴らの手に渡ることを警戒した。

「大家さん、そのリスト、絶対に落としたり失《な》くしたりしないでくださいよ」

「ああ、大丈夫だよ。ちゃんと我が家の金庫にしまってあるからね」

大家はエミコの家のインターフォンを押した。

「エミコさん、いるかい?」

大家がドア越しに声を張り上げると、ドアが小さく開き、ふっくらとした温厚そうな高齢女性が顔を出した。髪を淡《あわ》い紫に染めている。おしゃれな女性のようだ。

「あら、大家さん、どうされましたか?」

「エミコさん、いやね、PCR詐欺に注意してくださいと言って回っているんですよ」

「PCR詐欺ですか？」

「今、感染症の拡大で大変なことになっているでしょう。それで保健所を騙《かた》ってPCR検査をしますって、詐欺師がこの辺りを徘徊《はいかい》しているんですよ。気をつけてください」

「あら」

　途端にエミコは困惑した。

「どうしましたか？」

　主水が大家を差しおいて訊いた。

「つい先ほど、白衣を着た保健所の人が来てね。細い試験管を見せて唾液を採取するって。それで一万円ですって」

　エミコの話に、主水と大家は目を見開いて顔を合わせた。

「それが詐欺師ですよ」大家は焦った。「お金、払ったのですか？」

　エミコは大家の慌てぶりを見て、却って落ち着いてにこやかに微笑んだ。

「一人暮らしも長いとね、いろいろ経験するから。とっさに私ね、住んでもいない息子が家の中にいるように見せかけて、声をかけたのよ。ヒロアキ！　ちょっと来て、保健所の人よってね。そうしたらその男、ぎょっとした顔になってね、慌てて逃げていったのよ」

「そりゃよかった」大家は胸を撫で下ろした。「それで、その男はどっちへ行きましたか？」

「あっちよ」

エミコは玄関先の道を指さした。五メートル道路の先がL字路になって、左に折れている。

「主水ちゃん」

大家は主水を見つめた。

「ええ、まだ遠くへは行っていないでしょうから、追いかけましょう」

主水が頷いた。

「やっぱり主水ちゃんに頼んだ甲斐《かい》があったよ」

「では追いかけます。大家さんは、ここにいて木村刑事に連絡してください」

「あい分かった」

力強く拳《こぶし》を握りしめる大家を残し、主水は駆け出した。角を左に曲がると、道はしばらくまっすぐに延びている。両脇には住宅が並んでいた。

「さてどこへ行きやがった」

再び駆け出す。走りながら目をやると、ところどころに脇道があった。奥まったところにも家がある。主水はたびたび立ち止まり、脇道を覗きながら進んだ。

「あいつだ」

数軒先に白衣姿の男を認め、主水は電柱の陰に身を隠した。男は玄関先で、老人と何やら話している。まさに老人が、財布から一万円札を取り出そうとしているところだった。

「そいつは詐欺師です。お金を払ってはだめです！」

主水は大声を上げた。

白衣の男と老人が、同時に主水を見た。

主水が姿を見せて駆け寄ると、白衣の男が驚愕して大きく目を瞠った。そして次の瞬間、くるりと体を反転させ、逃げ出した。

「待て！」

主水は全力で走る。

手に一万円札を握《にぎ》りしめたまま呆然《ぼうぜん》としている老人の傍を素通りし、ひたすら白衣の男を追いかける。

「待て！　詐欺師野郎！」

主水の叫び声が、住宅街に響き渡った。

詐欺師は振り返ろうともせずに、住宅街の真ん中を駆ける。予想以上に逃げ足が速い。さすがの主水もなかなか追いつけそうになかった。

「ギャッ！」

白衣の男が角を曲がった次の瞬間、悲鳴が上がった。急いで主水も角を曲がる。白衣の男が地面に倒れ伏し、若い男性に押さえ込まれていた。

「取り押さえました」

若い男性が顔を上げ、笑みを浮かべた。

「ありがとうございます」

肩で息をしながら、主水は礼を言った。

「詐欺師！　って声が聞こえたと思ったら、この男が凄い顔で走ってきたので、思いきり足を出してやったら、面白いように躓《つまず》いて宙返りして、こうして倒れたってわけです。さてはこの男、ＰＣＲ詐欺師でしょう」

ニヤリと笑って若い男性は言った。

「そうだと思います」

「噂は耳にしていました。捕まえられてよかったです」

若い男性に組み伏せられ、白衣の男は観念した様子で道路に頰を擦《こす》りつけていた。

「主水ちゃん！　主水ちゃん！」

主水が振り向くと、大家が木村刑事と交番勤務の警官を連れて走ってきた。

「捕まえましたー！」

主水は手を振った。

「お手柄だね。主水ちゃん」

さすが現役刑事といったところか、長い距離を走ってきても木村はさほど疲れた様子を見せず、マスク越しに満足そうな笑みを湛《たた》えてみせた。

白衣の男は、交番の警官によって手錠を嵌《は》められ、その場に立たされた。

「いえ、私の手柄じゃないです。こちらの方が捕まえてくださったんですから」

主水は、若い男性を紹介した。そういえばまだ、彼の名前を聞いていない。しかしどこかで見たことがある顔だった。

「どこかでお会いしたことがありますね」

「はい。ラジオ体操に、母を連れて参加させていただきました」

主水が訊くと、若い男性はにこやかに答えた。

「ああ、あの時の……」

主水は思い出した。ラジオ体操が終わった後、感謝の言葉をかけてくれたさわやかな男性だ。たしか、認知症の母親の介護をしているとのことだった。

「私、多加賀主水と申します。第七明和銀行高田通り支店で、庶務行員として勤務しております」

主水は自己紹介をした。

「私は菱沼《ひしぬま》と申します。このすぐ近くで母と一緒に住んでおります」

「そうでしたか。お母様はお元気ですか」

「あのラジオ体操をきっかけに家でもやるようになりまして。以前より明るくなったように感じます」

「そうですか。それは良かったです」

主水は、ラジオ体操が良い影響を与えていることを嬉しく思った。

「ところで例の沼田さん殺害事件の解明は進んでおられますか？」

菱沼が真剣な顔になった。

「まだまだですが」あまりにも意表を突く質問だったので、主水は不思議に思った。「なにか事件の情報があるのでしょうか？」

「いいえ、何もありません」菱沼の表情に、わずかな動揺が見られた。「主水さんは、街で一番頼り甲斐のある人で、あのラジオ体操の際、未解決事件に取り組んでおられると聞いたものですから。それにしても銀行員というのは、なかなか危険な仕事ですね。殺されるなんて」

「古い事件ですので。何か情報がありましたら、教えてください」

主水は丁寧に言って頭を下げた。

「分かりました。頑張ってください」

再びさわやかな笑顔を浮かべた菱沼は、主水から離れると、木村による事情聴取に臨《のぞ》んでいた。菱沼は、質問に答える形で詐欺師を捕まえた時の状況について説明している。

「主水ちゃん、良かったね。詐欺師が逮捕されて」

大家が満足そうな笑みを浮かべて話しかけてきた。

「大家さんが街の安全をいつも気にかけておられる成果です」

主水は大家を称賛した。

「いやあ、これも主水ちゃんみたいな人がいるからだよ」

大家は、満更《まんざら》でもないという表情で謙遜《けんそん》した。

「ねえ、大家さん、彼のことはあまりよくご存じないんでしたね」

主水は菱沼に視線を向けて訊いた。

「あまり知らないんだよね。具合の悪い母親の面倒を見ている感心な若者だとは聞いているけど。自宅は、ここから数軒先だったと思うよ。何か気になることがあるのかい？」

「いえ、なんでもありません」

「もし、主水ちゃんが気になるなら、私の方でちょっと調べてみるよ」

「ご面倒をおかけします」

主水は頭を下げた。

「じゃあ私は、町内会の役員に詐欺師逮捕の報告をしてくるからね」

よかったよかったと連呼しながら、大家は急ぎ足で去っていった。

「主水ちゃん、お疲れ様でした」

菱沼の聴取を終えた木村が近づいてきた。すでに菱沼の姿はない。自宅に戻ったのだろう。詐欺師は、交番の警官に連行されていった。これから署で厳しい取り調べが始まる。

「木村さんこそ、お疲れ様です」

「主水ちゃん、ちょっといいか？」

木村が真剣な表情で言った。

「ええ、なにか？」

「良い話と悪い話、どっちがいい？」

木村がちょっとおどけてみせた。

「悪い話からお願いします」

主水は躊躇《ちゅうちょ》なく即答した。悪い話を先に聞いておけば、たとえ良い話が大したことでなかったとしても、内容以上に良く聞こえるものだからだ。

「じゃあ、悪い話から行くかな。この間頼まれた行章のＤＮＡ鑑定だけど、やっぱり駄目だった。時間が経《た》ち過ぎていたこともあって何も出なかった。残念だけど、これは返すよ」

木村刑事は、小さなビニール袋に入れられた行章を主水に返却した。

行章に沼田の痕跡《こんせき》でもあれば、北林と接触したのが沼田だと推定できたのだが、その期待は外れた。主水は肩を落とした。

「では良い話をお願いします」

主水は自分を鼓舞《こぶ》するように言った。

「この間、高田町ファーストビルディングの前で品川弥一に従っていた男のことを調べてくれって頼まれただろう?」

「はい。何か分かりましたか? あの男は一体何者ですか」

主水の声が弾んだ。やはり良い話は後にするに限る。過去、主水をさんざん苦しめてきた〝謎の男〟の正体をついに突き止めたかもしれないのだ。あの男が関係しているのなら、問題は複雑である。どんな惨事も起こりうる。

「品川弥一の秘書兼運転手、通称金原荘平《かねはらそうへい》だ。あくまで通称で、本名や経歴は分からない。前科もない。ただし、主水ちゃんの懸念《けねん》した通り、天照竜神会に籍を置いたことがあるのは間違いないだろう。品川のところへは如月不動産から紹介されたようだ。品川から給料が支払われているから法的な問題はないが、如月不動産は品川の有力な後援者の一人だから、実質的には如月不動産が雇って、派遣しているようなものだな」

「すると如月不動産は、天照竜神会の企業舎弟《しやてい》なのですか?」

「それはない」木村の目つきが一層鋭くなった。「今、伸び盛りの如月不動産が暴力団の企業舎弟じゃ話にならん。ただ如月不動産の社長である如月満太が、天照竜神会の町田一徹と親しいっていうことだけは事実だな。昔、如月がやんちゃしていた頃、町田と知り合ったらしい。それに品川は、表であれ裏であれ、誰の後援でも受け入れることで有名な政治家だ。金と票さえあれば誰だっていい。危険といえば危険なのだが、懐《ふところ》が深いともいえる。だから脛《すね》に傷がある者や、如月のような成り上がり連中から頼りにされている。そんな関係から、金原が品川の秘書兼運転手に収まっているんだろう。腕っぷしも滅法《めっぽう》強いらしい。実際は、秘書兼ボディーガードってところじゃないか」

謎の男と拳を突き合わせたことがある主水は、彼の強さは十分に分かっている。

「木村さん」主水は沈思《ちんし》した。「この間の話を覚えていますか？　選挙と金のこと……」

「覚えているよ。結局、二〇〇九年の総選挙では負けちまって政権が交代することになったけど、当時の選対責任者だった品川は、金が必要だったっていう話だろう。そのために、あの場所――今は高田町ファーストビルが建っている、旧郵政公社の土地が利用された。歳川や沼田はそれに巻き込まれたっていう、主水ちゃんの推理だな」

「私の推理というほどのことではないですよ。木村さんの情報が基《もと》になっているんですから。これで品川、如月、町田、金原……。みんな一本の糸につながったのではありませんか？　その糸とは、旧郵政公社の土地を巡る疑惑でしょう」

主水の話に、木村は深く頷いた。

「如月は、品川のために何か仕事をしたんだな。その見返りに土地を払い下げてもらって今日《こんにち》の成功を築いた。そういうことじゃないか」

「おそらくそうじゃないでしょうか。その疑惑の一端を歳川さんと沼田さんが担わされた……。あの土地の売買について、調べてみたいですね。そうすれば歳川さんや沼田さんが担わされた役割が分かるかもしれません」

「分かった。こっちで調べてみる」

木村は表情を引き締めた。

「主水ちゃんはどうする？」

「私は今から、当時の高田通り支店長だった大城さんに会いにいきます。沼田さんがどんなトラブルに巻き込まれていたのか、少しでも分かればいいのですが」

あの土地を巡っては、大城も一枚噛んでいるに違いない。一介の若手行員が支店長の指示もなく、旧郵政公社の土地に関して動くはずがないからだ。

「じゃあ俺は行くよ。いずれにしても今日はよかった。感染症に便乗した詐欺師を捕まえられたわけだからな」

手を挙げて、木村が去っていった。

木村と別れた主水は、支店に戻る途中、住宅街の一角で立ち止まった。慌てて曲がり角の陰に隠れる。

「あれは？」

一軒の住宅の前に、菱沼が立っていた。そして菱沼と一緒に喋《しゃべ》っているのは、北林隆司ではないか。いかにも親しげな様子だった。二人は知り合いなのだろうか。ふいに主水は、新宿で北林に尾行されたことを思い出した。彼は、なぜ尾行してきたのだろうか……。

尾行するからには、主水の動きが気になるのだろう。どうして気になるのか？そもそも隆司は、主水に沼田殺害事件の真相解明を依頼してきた張本人だ。十二年前に出会った恩人が、殺されたかもしれない。そのモヤモヤを晴らしたくて依頼してきたのだ。

主水が真相解明に向けてちゃんと努力してくれているか、あるいは、隆司が望む方向に、主水が動いてくれているか……それが気になるのだろうか。

しばらくすると、二人が別れた。菱沼は住宅に入っていく。あれが菱沼の自宅なのだろう。また訪ねることがあるかもしれないと、主水は住所を記憶に収めた。

一方、隆司は住宅街を歩いている。勤め先の如月不動産に帰るのだろうか。主水は、隆司との距離を詰めた。

「北林さん」

主水が背後から声をかけると、隆司は立ち止まって振り返った。

「ああ、主水さん！」

隆司が安堵《あんど》したような笑顔で答えた。

「先ほど、菱沼さんと話をされていましたね」

主水は単刀直入に訊いた。隆司の顔に一瞬、動揺が走ったが、すぐに元の笑顔に戻った。

「あの人、菱沼さんっていうんですか」

「ご存じなかったのですか」

「立ち話をしただけですから。さっき白衣の男を連行していく警官とすれ違って気になっていたんですが、なんでも、あの近所で捕り物があったとか。その話をしていたんです。地元のビル管理会社の人間として、近所のことはよく知っておかないと……。治安上の問題ですからね」

隆司はやたらと早口で喋った。咄嗟《とっさ》に嘘《うそ》をついているのだろう。人は嘘をつこうとする時、なぜか早口になる。

「PCR詐欺師が捕まったんですよ。菱沼さんが逮捕に協力してくださって」

「聞きましたよ。お手柄ですね」

「ところで、沼田さんの事件ですが……」

探りを入れようと、主水は話題を変えた。

「なにか進展がありましたか」

隆司の目つきが真剣になった。

「如月不動産にお勤めの北林さんには言いづらいのですが、沼田さんはどうも、高田町ファーストビルが建っている土地に絡んだトラブルに巻き込まれたようです」

「えっ、うちの会社の土地ですか？」

隆司は本気で驚いているようだった。

「ええ、そうです」

「うちの会社が関係しているということでしょうか？」

「まだ分かりません。でも全くの無関係というわけではないでしょうね」

「私にできることはありますか？」

切実そうに隆司が言うのが、主水には意外だった。かつて隆司は、如月不動産の経営者である如月満太は恩人だと言っていた。まだ可能性の段階だが、場合によっては、如月を窮地《きゅうち》に追い込むこともありうる。隆司は、それでもいいと考えているのだろうか。

主水は隆司の目を見つめた。年齢の割に、あどけなさが残っている。それは素直で純粋な性格を物語っているようにも思えるのだが、主水には、隆司の意図が今一つ見えなくなっていた。

「また何かありましたらご相談します」主水は、ここは踏み込むべきではないと判断した。「いずれ如月社長にもお会いする必要が出てくるかもしれません。その時はご紹介をお願いすると思います」

「ええ、分かりました。しかし、あの土地が関係しているとはね。驚きました」

「まだ何もはっきりしていませんから、この件は如月社長には内密にお願いします」

「分かっています」

少し興奮したのか、隆司の頬は赤く染まっている。

「それじゃあ、失礼します」

主水は隆司に挨拶をして別れた。大城に会いにいく約束の十一時が迫っていた。

4

コスモスエステートの本社ビルは、日本橋の一等地にある。大型デパートやメガバンクの本店ビルなどが並ぶ一角だ。

最近の開発によって新しく建設されたビル群の、現代的なデザインの外壁ガラスが、冬日に映《は》えている。

その中でも、コスモスエステートの本社ビルはひときわ目立っていた。建物全体を捻《ね》じったような奇抜なデザインが目を引く。聞き及んだところによると、高名なフランスのデザイナーによる設計らしい。個性が際立ち、街のランドマークになるようなビルを――という、大城たっての要望だったという。

エントランスの前に立ち、主水は本社ビルを見上げた。大城の意図は十分に叶えられていると言っていいだろう。しかし、その威容にどこか不安を掻《か》き立てられるのは、主水が今から大城に十二年前の事件について質問しようとしているからだろうか。

意を決して踏み込んだ主水は、受付で来意を告げて入館カードを受け取り、バーコードをセキュリティーゲートにかざす。

ゲートを抜けてエレベーターに乗ると、行き先階を入力するボタンが見当たらなかった。代わりに壁面にカードリーダーがあったので入館カードをかざすと、電光掲示板に十五階と表示された。コスモスエステートが入っているのは一階から十五階までで、その上から三十階までは最高級ホテルになっているのだ。

「凄いな。系列会社とは思えない」

コスモスエステートは、実質的には大城の会社になっているという。大城は上場を目指しており、その暁には第七明和の支配下から抜け出るつもりだともっぱらの噂だ。

十五階に到着すると、待ち受けていた女性社員が主水に礼をした。

「多加賀主水様、お待ちしておりました」

女性社員は、主水を先導して応接室に案内した。

広い。そのひと言に尽きた。銘木で作られたテーブルの周りには、豪華な革張りのソファーが置かれている。

壁には洋画家の佐伯祐三《さえきゆうぞう》の手になるらしき絵が飾られている。窓からは日本橋の街並みが一望できた。

「お茶かコーヒーは如何《いかが》ですか」

女性社員に訊かれ、主水はお茶を頼んだ。

「大城はすぐに参りますので、こちらでお待ちください」

深々と一礼して、女性社員が退室する。主水は居心地《いごこち》の悪さを感じながら、ソファーに腰を下ろして待った。

ドアが開くなり、主水は立ち上がった。

茶を運んできた女性社員と並んで、大城が現れた。威圧するような鋭い目つきを主水に向けている。

主水は緊張した。この男から、事件の真相の一端でも聞き出すことができるだろうか。

「よく来たね、主水君。君は庶務行員なのに、吉川に随分信頼されているようだね。私と吉川の仲が険悪なのは、知っているかね」

挨拶も抜きに、大城は言い放った。主水は革靴の内側で、グッと足の親指に力を込めた。床を強く踏みしめていなければ、体が揺らいでしまいそうだった。それほどの衝撃が主水を襲っていた。

第五章　感染症差別

1

「まあ、蕎麦《そば》でも食べなさいよ」

大城雅也は、多加賀主水の正面のソファに座るなり言った。シルバーグレイの豊かな髪に大きな目。迫力ある顔だ。主水もさすがに押され気味になってしまいそうだ。ここで気迫負けしてはならぬと、腹の丹田《たんでん》辺りに力を入れた。

「いただきます」

主水が返事をするや否《いな》やドアが開き、女性従業員が天ぷら蕎麦を運んできた。手際の良さに驚くばかりだ。

テーブルに蕎麦と天ぷらが並べられた。

「さあ、どうぞ。なかなか美味《うま》いんだ。ここの蕎麦はね」

大城は箸《はし》を取ると、すぐに蕎麦を啜《すす》り始めた。主水もそれに倣《なら》った。見方によっては、食事を出して一緒に食べることによって、相手の気持ちを和《なご》ませ、自分の立場を理解させようとする高等戦術なのかもしれない。それはそれとして、蕎麦も天ぷらも確かに美味かった。

「私はね、そちらの吉川頭取と同期なんだよ。あいつは明和、こっちは第七だったが」

大城は音を立てて勢いよく蕎麦を啜る。

主水が勤務する第七明和銀行は、第七銀行と明和銀行が合併して誕生したのだ。

――よく来たね、主水君。君は庶務行員なのに、吉川に随分信頼されているようだね。私と吉川の仲が険悪なのは、知っているかね。

つい先ほど、応接室に入ってきて主水と顔を合わせるなり、大城はそう言い放った。いったい何を言い出すのだと主水は驚き、たじろいだ。吉川と出身銀行が違うことが、不仲の原因なのだろうか。

主水は黙って蕎麦を食べ続ける。

「出身銀行が違うだけで仲が悪いとは思わないでくれよ。それほど小物でもないからな。同期だと分かっていたから、かつては仲も悪くなかったんだ。しかし吉川は明和のエリートで、若い頃から頭取候補だった。まあ、いろいろあったようだが、順調に頭取になった。こっちは、ははは」

箸で海老《えび》の天ぷらを摘《つ》まんだまま、大城が突然、笑い出した。

「ていよく常務でお払い箱だ。そしてこのコスモスエステートにやってきた」

大城は蕎麦を口に含んだまま、大きな目を見開いて主水を睨《にら》んだ。主水は思わず海老の天ぷらを箸から落としそうになるほどの圧迫感に襲われた。

「ここはボロ会社だった。不良債権のたまり場……まあ、いまさらこんなことを言っても仕方ないがね、不良債権を飛ばす会社だった。第七銀行の決算を見栄《みば》えよくするためのね。私は不動産に強いと思われていたらしい。第七にいた時代から、いろいろと難しい仕事、リスクのある仕事をやらされ続けてきたからね。適任だったんだろう」

まるで自分史を聴いてくれる人間に初めて出会ったかのように滔々《とうとう》と、大城は話し続ける。主水は、ひたすら蕎麦を食べ続けた。

「悔しかった。庶務行員の君には分からんだろうが、頭取レースに残っていたんだから。それなのに途中で引きずり下ろされ、ボロ会社にポイ捨てだよ。私は、なんとか見返してやりたいと思った。そして頑張った。運もあった。低金利時代になり、オリンピック・パラリンピックなどで開発ブーム、外国人向けのホテル増加など、国内の不動産事業が活況を呈《てい》するようになった。お陰で我が社は奇跡的ともいえるほどの急成長を遂《と》げ、今や上場しようかというほど立派になった。するとと吉川は、我が社に手を突っ込んできた。我が社の上場を認めず、銀行の完全子会社にすると言いだしたんだ。今、銀行は五％程度の株しか持っていない。残りの株は私や、銀行の系列会社などが持っている。それらの株を銀行が強制的に買い取ろうとしているんだぞ」

大城の目が、さらに大きく見開かれた。

「勝手ですね」

主水はようやく蕎麦を食べ終え、一言発した。

「そう思うだろう！」大城の声が大きくなった。「ボロ会社を立て直したのは私だ。今やこの会社は私の会社なのだと言っても過言ではない。それを業績が良くなったからといって取り上げるのは、非道の誹《そし》りを免《まぬが》れないことだ。断固拒否した他の株主にも私に同調するように呼びかけているんだ」

「それが吉川頭取との仲を険悪にした理由ですか」

「そうだ」

大城は、一段と声を大きくしたかと思うと、箸を置いた。

「吉川頭取は、なぜ御社を子会社にしたいと言いだしたのですか？」

「銀行の業績を良く見せたいからに決まっている。我が社の収益を連結して、見かけをよくしたいんだ。セコい野郎だ。君があんな奴に評価されているなんて残念だよ。私は、不動産を手掛けていることもあって情報通だ。君はなかなかの男らしい。評判を聞いたぞ。我が社に来ないかね。報酬は弾むぞ。一〇〇〇万円以上は保証しよう。どうだね」

大城が身を乗り出してきた。

主水は戸惑った。一〇〇〇万円以上というオファーは魅力なのだが、今日の訪問の趣旨とあまりにも違ってしまう。

「お申し出はありがたいと思います。でも今日は、お伺いしたいことがありまして……。それを先に……」

主水は言葉に詰まりながら、ようやく切り出した。大城は体をもとに戻して、ソファの背もたれに預けた。

「沼田信吾のことだったね」

「はい」

「何が訊《き》きたい？」

大城の表情が硬くなった。

「沼田さんはどんな仕事をしていたんですか？」

「まあ、一般的な中小企業との取引だな」

大城は、少し上目遣いに答えた。

「高田町ファーストビルが郵政公社から払い下げになる際の、土地取引に絡《から》んだ仕事だという話があるんですが……」

「そうだったかな」

主水の質問に、大城の右眉《まゆ》がぴくぴくと動いた。

「当時、郵政公社の持つ土地の払い下げに関して、政治家などが動いていたようです。本部では、大城さんの同期だった歳川一郎さんが、営業第七部で担当されていたようですが、ご存じですか？」

大城の右眉がさらに頻繁《ひんぱん》に動いた。緊張と同時に動くのかもしれない。

「歳川……。ああ、覚えている。同期で、仲間だった。いい男だった。正義感もあってね」

大城は口元を緩《ゆる》め、懐かしむように目を細めた。

「亡くなりましたね。ひき逃げでしたが、まだ犯人は捕まっていません。歳川さんは帰宅後、夜の路上で誰かと会っていて、車に撥《は》ねられたようです」

「泣いたよ。事件の一報を聞いた時にね」

「大城さんは、郵政公社の土地払い下げに関する仕事を、歳川さんとご一緒にされていたんじゃないですか？　その仕事を沼田さんにも担当させていた。その結果、歳川さん、沼田さんの二人が謎の死を遂げて、あなたは生き残っている。不思議だと思っているのです」

大城が再び身を乗り出してきた。険《けわ》しい形相《ぎようそう》で、右眉は頻繁に動いている。

「主水君、まるで私が二人を殺したように聞こえるがね。失礼だろう」

「では正直にお答えください」主水は大城の迫力に負けないよう、目を逸《そ》らさずにまっすぐに見据《みす》えた。「あなたの部下の沼田さんが殺され、犯人はいまだに捕まっていない。十二年間も放置されているんです。当時の支店長として、悔しくはないんですか？　何としても犯人を見つけたいと思わないんですか？　しかも同期で親しい仲間だった歳川さんも、ひき逃げで亡くなった。どう見ても交通事故じゃないと思われます。殺されたのかもしれない。やはり犯人は見つかっていません。同期として、友人として、悔しくはないんですか？　私は『キッチン欅』であなたにお会いした際、真相を解明することが行員の誇りにつながると申し上げました。あなたは立派な経営者かもしれません。しかし部下や友人の死の真相に目をつぶっているのは、人間として許されないことでしょう。いくら成功されても、二人の死が喉《のど》に突き刺さって、今も血を流しているはずです」

大城は瞬《まばた》きもせず、大きな目を見開いて、主水を見つめている。大城の右眉は、もはや凍りついたようにぴくりとも動かない。

「確かに沼田には、あの土地の払い下げの仕事を与えていた……」

大城は静かに話し始めた。主水の迫力に負けたのかもしれない。

「やはりそうですか……。それが原因で殺されたとお思いですか？」

主水が問うなり、大城は主水を鋭く睨《にら》みつけた。

「早まるな」

大城の叱責《しっせき》に、主水は唾《つば》を飲み込んだ。また迫力負けしそうになった。

「沼田に任せていたのは……」

大城が話し始めた。

2

「単なる連絡係だったのですか？　沼田さんは……」

生野香織が不満そうに口をすぼめた。

「それなのに殺されたなんておかしいですね。やはり連絡先の歳川さんとの関係が問題になったのかな」

難波俊樹が首を捻《ひね》った。

主水は「キッチン欅」で、仕事終わりに香織と難波に会っていた。食事を終えてコーヒーを飲みながら、主水は大城から聞いた話を二人に伝えた。

「歳川さんは営業部にいて、郵政公社の土地払い下げ問題などを担当していたようです」主水は説明を続けた。「その対象不動産の中に、高田町の土地もあった。商機と見た大城さんは、その土地を如月不動産に払い下げさせようと、沼田さんを連絡担当にして、歳川さんとの調整に当たらせた。歳川さんと大城さんは同期で親しかったから、上手く払い下げに成功したという話だった。だから沼田さんにヤバいこともやらせていないし、勿論《もちろん》、歳川さんも、殺されたなどとは思いもよらない。単なるひき逃げ事件だと思っている。これが大城さんの話だよ」

「嘘《うそ》、ついてますね」

香織が即座に断定した。

「どうしてそう言い切れるの？」

難波が訊いた。

「だって、当時まだ小さな不動産業者に過ぎなかった如月不動産に払い下げさせようと動くのは、おかしいですよね」香織は訝《いぶか》しげに眉根を寄せた。「当時、あの土地を欲しがっていた不動産業者はたくさんあったはずです。勿論高田通り支店の取引先にも、もっと有力な候補はあったと思います。それなのに、なぜ如月不動産が選ばれたのでしょうか？」

「まさか、奥さん？」

主水が訊くと、香織は深く頷いた。

「はい。大城さんの奥様の旧姓は如月。如月多恵さんだったんです。彼女は如月不動産の社長、如月満太の妹です」

香織は「如月」の部分を強調した。

「えっ、本当？」

驚く難波に対し、香織は再び頷いた。

「多恵さんは高田通り支店に勤務していて、大城元支店長と出会った。そして大城元支店長は前妻と別れて、多恵さんと結婚した。離婚に際しては、かなり揉めたという噂があった……」

香織が意味ありげに話す。

「大城さんが如月不動産に払い下げをしようとしたのは、多恵さんの働きかけがあったからか、つき合っていたからか……ということですか？」

推理を進めつつ、主水が言った。

「そう思います。それに……」

香織の表情が曇った。

「それに……なんですか？」

主水は先を促《うなが》す。

「多恵さんって結構、人気があったみたいで、沼田さんとつき合っていたという噂もあったようです。沼田さんは大城元支店長からの評価がとても高くて、非常に可愛《かわい》がられていたといいます。そのために重要な役目は沼田さんに任せていたようです」

「その沼田さんが、大城さんの奥さんとつき合っていたのですか?」

「勿論、大城元支店長と結婚される前のことですからね。誰とつき合おうといいんですけど」

香織は少し困ったような顔をした。不味《まず》いことを口にしたと思ったのかもしれない。

「二股というと聞こえが悪いですが、まさか大城さんと沼田さんを両天秤《りょうてんびん》にかけていたのですか?」

「それは分かりませんが、可能性はありますね」

香織が目を伏せた。

「多恵さんたち女子行員に人気があって、大城元支店長からの評価も高かったとすると、沼田さんは他の男性行員から、かなり嫉妬《しっと》されたでしょうね……」難波がため息交じりに言った。「銀行ってそういうところがありますから。実際、支店長や部長に可愛がられているかどうかで出世が決まることが多いのです」

「難波課長は、あまり可愛がられていなかったとか?」

主水が茶化した。

「ええ、まあ、頼りなさそうな雰囲気ですからね。もっと自信たっぷりなら良かったんですが」

難波は沈んだ口調で言った。

「そんなことないですよ。課長は、普段は頼りないですが、いざという時は頼りになりますから」

香織が微笑んだ。

「ありがとう。でもやっぱり普段は頼りないんですね」

難波が肩を落とした。

「難波課長、私たちが評価してますから」

主水も励ました。

「主水ちゃんに評価されても……」

難波は情けない顔で呟《つぶや》いた。

「まあまあ、事件の話を続けましょうよ」

香織が呆《あき》れ顔で言った。

「そうですね。私が愚痴《ぐち》ってもしょうがないからなぁ」難波は一転して真顔になった。「実は私もいろいろと当時のことを知っている人に訊いてみたんです。すると沼田さんと澤山さんは、実はあまり仲が良くなかったと言うんですよ。同期なので表向きは仲が良いように振る舞っていたんですけどね」

難波の報告を聞き、主水は首を傾げた。

「でも古谷支店長によれば沼田さんと最も親しかったのは澤山さんだったと。だからわざわざ会いにいったんですが……」

主水は言い淀《よど》んだ。

「でも主水さんも仲が良かった印象は受けなかったのでしょう?」

「ええ、そうなんです」

「銀行の同期なんて、そういうものなんですよ。出世競争をしているわけですからね。相手が落ちれば、自分が浮上するんです」

難波が表情を歪《ゆが》めた。

「なんだか嫌な世界ですね」

主水は顔をしかめた。

大城も似たようなことを口にしていた。歳川とは同期で仲間だったというが、案外、希薄な関係だったのかもしれない。

「この間、私は、こんな疑問を提示しましたね」

難波がどこか得意げに話題を変えた。

「えっ、どんな疑問でしたっけ？」

香織が困惑《こんわく》気味に訊いた。

「生野さんが聞いていたかどうかは分かりませんが」難波は小鼻をひくひくさせ、人差し指で撫《な》でる。「なぜ沼田さんは殺された夜、寒いなか、あの場所にいたのか。空白の四時間に何をしていたのか。この疑問です」

「はい、聞いていました」

主水は言った。

難波は「えへん」と咳払《せきばら》いした。

「そういえば、疑問ですね」

香織も頷いた。

「仮説ですが、沼田さんは多恵さんを待っていたのではないでしょうか」

「ええ！」香織が両手で口を押さえて、驚きの声を上げた。「大胆すぎる仮説です」

「当時、沼田さんと多恵さんはつき合っていた……」難波は、自分の推理に相当自信があるようだった。「ところが大城さんが、多恵さんにプロポーズした。そして多恵さんは、大城さんを選ぶ。当然、沼田さんとは別れ話ということになります。それで事件当夜、会って別れ話をすることにしたのではないでしょうか。恋人を待つのなら、寒い夜にあんな寂しい場所で会うことも不自然ではありません。ましてやつき合っていることは、あまり周囲に知られたくなかった……」

「すると、沼田さんを殺したのは……多恵さん？」

香織が思わず声を裏返らせた。

「それはないでしょうね」

すかさず主水は首を振った。

「しかし可能性はあるでしょう？」

難波も食い下がった。

「ゼロとは言いませんが……」主水は、二人に同意を求めるように交互に視線を動かした。「先日、この『キッチン欅』で多恵夫人に会った時、沼田さんのことを持ち出しても、それほど動揺されませんでしたよ。もし殺人犯なら、もう少し動揺するでしょう。せっかく逃げおおせているのに私たちが犯人捜しを始めたことを知ったらね。それに……」

主水は言葉を濁した。

「それに……。何ですか」

香織が詰め寄る。

「何でもありません」

「主水さん。あんな美人が悪いことをするはずがないって思っているんじゃないですか?」

香織は主水を睨んだ。

「まさか……」

主水は少し動揺した。香織の指摘が的を射ていたからだ。どうも自分は美人に弱いようだ。主水は顔をしかめた。

「私、難波課長に賛成します」香織が難波を見つめた。「事件当夜、沼田さんがあの場所にいた理由は、難波課長のおっしゃる通り、多恵さんを待っていたからかもしれませんね」

「生野さん、賛成してくれるんですね。ありがとう」難波は笑顔を見せた。しかしすぐに真顔になる。「もし沼田さんが多恵さんを待っていたとして、問題は、商店街で北林少年にぶつかり、歳川さんの行章を手渡して『正しい大人になるんだよ』と言ったのは誰かということです。沼田さんが多恵さんと会うために急いでいたのだとしたら、偶然ぶつかった幼い北林さんに何か後事を託すようなことを言うのは、そぐわない気がしませんか?」

難波は首を傾げ、二人を見た。

主水は黙っていた。

「主水さん、何か言ってください」

香織が縋《すが》るように訴える。

「それでも、北林少年にぶつかったのは、やはり沼田さんだったかもしれないです」主水はようやく冷静さを取り戻し、自分自身に言い聞かせるように言葉をつなげた。「今から言うことは全て仮説ですが……。大城元支店長は、沼田さんを信頼していた。大事な仕事は沼田さんに割り当てていた。その大事な仕事とは、郵政公社の土地払い下げです。如月多恵さんのためにも、大城元支店長は如月不動産に払い下げをさせたかった。本部での責任者は、同期の歳川さんです。情報を入手したり、歳川さんを通じて日本郵政に働きかけるためにも、信頼のおける者を起用する必要があった。それが沼田さんだったのでしょう。沼田さんが多恵さんとつき合っていたとは、知る由《よし》もありません。知っていれば、起用しなかったでしょうね。嫉妬《しっと》もありますからね」

主水は二人を交互に見つめ「ここまではいいですか」と確認した。

二人とも「はい」と同時に頷く。

「沼田さんは、張り切って本部の歳川さんとの連絡役を果たした。その時、歳川さんから行章を託されたのです。そこで『正しいことをしなさい』と言われたのではないでしょうか」

「『正しい大人になるんだよ』ではなく？」

香織が指摘した。

「北林少年に託した際には、沼田さんが北林さん向けに言葉を合わせたのでしょう」

「なぜ歳川さんは沼田さんに行章を託したのでしょうか？　退職時にしか返納しない、大事なものであるはずなのに」

難波も疑問を呈した。

「歳川さんは、何らかの不正に関与してしまっていた……」主水の推理に、二人の表情に緊張が浮かんだ。「銀行を辞める決意を固めていた。おそらくその不正には、大城元支店長も関与していたのでしょう。自分が殺される可能性すら考慮していた。だから大城さんの部下でもある、誠実な沼田さんに行章を託し、大城さんへの間接的なメッセージのつもりで『正しいことをしなさい』と伝えたのではないでしょうか」

「不正とは、例の選挙絡みですか？」

香織が恐る恐る訊いた。

「おそらくそうでしょう。先日、高田町ファーストビルに、民自党の品川弥一幹事長と、その秘書兼運転手である金原荘平が入っていくのを見ました。あの男が絡んでいるなら問題は複雑です」

「その金原というのは？」

聞き馴れない名前を難波が聞き咎《とが》めた。

「かつて私たちにいろいろな悪事を働いた高田通り支店の元副支店長、あの鎌倉《かまくら》春樹《はるき》ですよ。顔や姿は変わっていますが、戦った私には分かります。木村刑事の情報によると、彼は天照竜神会の町田一徹配下で、如月満太の紹介で品川の秘書になったのだそうです。如月は町田と親しいと」

主水は声を潜めた。他の誰にも聞かれてはならなかった。

「つまり……」難波も周囲に目を走らせた。「あの土地を使って不正な錬金術を行い、品川らはその資金を選挙に使った。その勲功《くんこう》として、如月への払い下げが実現した。主水さんが描いた推理は、こういうシナリオですか。でも具体的にどんな不正だったのか、分かりますか？」

あまりにも危険な仮説だ。何しろ政権与党の権力者に関わるスキャンダルである。

「それは分かりません。どうやって調べたらいいのか……。今は思いつきません」

主水は眉根を寄せた。

「不正の内容はともかくとして、沼田さんも同じ犯人に殺されたのでしょうか？　歳川さんの遺志を受けて不正を暴露しようとしたから……」

香織が切なげに目を伏せた。

「この店のママ、山根雪子さんによれば、沼田さんはその夜、誰かとここで会っていた。その時、沼田さんか、同席していたもう一人の人物かは分かりませんが『僕の決心は変わらない』と言ったのだそうですね」

主水は、別の方向からのアプローチを試みることにした。

「会っていたのは誰だったのでしょう。沼田さんは、歳川さんの決意を聞いています。そして彼の突然の事故死に不審を抱いていた。だからこそ形見《かたみ》の行章を握りしめ、同席していた人物に、不正を告発する決意を告げたのではないでしょうか」

「その人物と別れて、沼田さんは殺害現場に行ったのですね。もしそこで待っていたのが多恵さんなら……やはり多恵さんが殺人犯ということになりませんか」

香織が言った。

「そうなりますか？」

主水は腕を組んで、考え込んだ。まだ多恵の美しさに判断を迷わされているようだ。

「皆さん、随分と深刻そうにお話しされていますけど、コーヒーのお代わりでもお持ちしましょうか」

ママの雪子が歩み寄ってきて、にこやかな笑みを浮かべた。

「お願いします」

主水は頭を下げた。

「そういえば、この間から嫌なことが続いているのです」

雪子はその場に立ち止まり、暗い顔で切り出した。

「どうなさったのですか」

香織が見上げて訊く。

「私の友人が、例の感染症に罹《かか》ったのね。すると、彼女のフェイスブックなどに非難の書き込みが殺到したというのよ。死ねとか、感染症女は表に出るなとかね」雪子は、自分の鬱憤《うつぷん》を晴らすように語気を強めた。「日本人って助け合う民族だと思っていたけど、大間違いね。ひどい人が多いのよ。感染症にかかったら同情こそすれ、誹謗中傷《ひぼうちゆうしよう》するなんてね。許せないわね。皆さんも気をつけてね」

「それはひどいですね。確かに最近、感染症差別って多いみたいです」

香織も顔をしかめた。

「この近所に菱沼さんっていうお医者様が住んでおられるの。とてもいい方でね。お母様のお世話をしながら暮らしておられるの。ところが、その菱沼さんが感染症の専門医で、慶祐《けいゆう》病院で治療に当たっているという情報が広まると、ご自宅に『出ていけ』だの『死ね』だの書かれた紙を貼られてね。大変なのよね……」

「菱沼さんですか？」

その苗字に聞き覚えがあった主水は、もしやと思った。

「ええ、ご存じ？　菱沼太郎さんよ」

「ラジオ体操に来ておられたので」

「あのラジオ体操は良かったわ。あれをきっかけに運動を始めたっていう人もいるのよ。皆さんのお陰ね。……あら私、早くコーヒーを持ってこなくちゃ」

雪子は慌ててテーブルを離れた。

「菱沼さんって、ラジオ体操にお母さんを車椅子《くるまいす》に乗せて連れてきていた人ですね」

香織も覚えているようだった。

「そうです」頷いて菱沼の顔を思い浮かべた主水の頭脳に、ふいに何かが閃《ひらめ》いた。「ねえ、香織さん」

「なに？　主水さん」

「歳川さんのご遺族については、あれからなにも分かっていないんでしたね」

「美由紀に本部で調べてもらったけど、連絡先が分からないって答えでした」

「歳川さんの奥さんの旧姓は調べられるかな？」

「旧姓ですか？　やってみます」

香織は答えた。

「それにしても、感染症にかかった人を誹謗中傷するなんて、人間の風上《かざかみ》にもおけませんね」難波が勢い込んだ。「もし貼り紙をしようとする者を見つけたら、私がとっ捕まえてやりますよ」

「課長、あまり無理しないでください」

香織が微笑んだ。

「いえ、絶対に捕まえます」

難波はスーツの袖をまくって貧弱な腕を露《あら》わにし、パンパンと叩いてみせた。

「コーヒー、お待たせ」

雪子がコーヒーを運んできた。

主水はコーヒーの芳《かぐわ》しい香りに刺激を受け、北林と親しげに話し込んでいた若い男の顔を思い浮かべていた。

3

「キッチン欅」を出た途端、ジャケットのポケットで主水の携帯電話が激しく鳴った。

「美由紀さんからです」

主水は携帯電話を耳に当てた。難波と香織が、何事かと注視している。

「主水です」

〈椿原です。今、話してもいいですか〉

「はい、なんでしょうか?」

〈明日、新田さんに会いにこられますか?〉

「新田秘書室長が私に用事ですか」

〈詳しくは存じ上げないのですが、急いでおられるようです。明朝《みようちよう》七時、主水さんに秘書室に直行して欲しいとおっしゃっています〉

「ちょっと待ってください。今、難波課長と香織さんと一緒にいますので、難波課長に相談してみます」

主水は携帯電話を顔から離し、聞き耳を立てていた難波に早口で用件を伝えた。

「私も、ですか?」

難波が勢い込む。困りつつ、主水は首を横に振った。

「いえ、私にとのことです」

難波はがっくりと肩を落としてみせた。

「そうですか。分かりました。秘書室に直行してください。支店長には私からお話ししておきます」

「申し訳ありません」

主水は頭を下げ、美由紀に「では明日、秘書室に直行します」と答えた。

〈ありがとうございます。お待ちしています〉

美由紀が電話を切った。

「なんでしょうね。急いでいるみたいですが」

主水は首を傾げた。

「もしかしたら私たちのやっていることに関係あるのかも？」

香織が期待を込めて言った。

「そうかもしれませんね。それなら本部の協力を得られるかもしれません」

難波も笑みを浮かべた。

「それならいいですが、本部が絡むとたいていは問題が複雑になりますからね」

主水は憂鬱《ゆううつ》な気分になりながら、携帯電話をジャケットにしまった。

大城にはもう一度、話を聞く必要があるだろう。不正を明らかにするためにも。

新田秘書室長に相談してみようか。主水は、思案を巡らせた。

4

出勤途中で気になることがあり、難波は寄り道をすることにした。

「キッチン欅」のママ雪子によれば、最近、感染症に罹患《りかん》した人を差別する人が多いという。いわば「感染症差別」だ。本来なら同情すべきところ誹謗中傷するというのは許せない。難波の正義感に火が点《つ》いていた。

しかし、ネットへの書き込みとなると難波の手には負えない。菱沼医師の自宅が卑劣《ひれつ》な人間に攻撃されていると聞き、せめてなんとかできないかと考えた。

菱沼を説得したうえで、誹謗中傷の貼り紙をした人間を警察に告発するなど、なにかしら懲《こ》らしめる手段があるはずだ。

菱沼の住所は、こっそりと雪子から聞き出してあった。早朝の住宅街には、難波以外の人影は見当たらなかった。

「あそこだな」

古びた印象の和風住宅が見えた。慶祐病院の医師というわりには、質素な佇《たたず》まいだ。

「ん？」

突然、通りの角からマスクをした男が現れ、菱沼の自宅の前に立った。黒の厚手のジャージに黒のジャンパー姿で、ビニール袋を提《さ》げている。見るからに怪しい。鼻から顎《あご》をすっぽり覆《おお》うマスクも、感染症対策というより、顔を隠すために着用しているように見える。

難波は、男に気づかれないように遠くからゆっくりと近づいた。

男は、ビニール袋から何かを取り出した。紙だ。男はそれを菱沼の自宅のブロック塀にテープで貼り始めた。

犯人だ。難波は咄嗟《とっさ》に携帯電話を取り出し、犯行現場の写真を撮った。カシャッというシャッター音が、静かな住宅街に思いの外、大きく響いた。

男が耳ざとくその音を聞きつけ、難波のほうを振り向いた。

難波は携帯電話を構えたまま、その場に凍り付いたように立ち止まった。男も同様に難波に視線を合わせたまま、動かない。ビニール袋は地面に置き、手にはビラを持っている。

男がわずかに体を動かした瞬間、難波は勇気を奮《ふる》い起こした。

「なに、やってるんだぁ！」

難波は腹の底から声を張り上げた。細くて頼りなげな体からこんな大声が出るとは、自分でも信じられなかった。

男が体を翻《ひるがえ》して、逃げ出した。

「待ぁてぇ！」

難波も走った。近隣の住民が難波の声に驚いて、何事かと外に飛び出してくる。難波が菱沼の家の横を通り過ぎようとしたちょうどその時、玄関から、若い男性が飛び出してきた。菱沼太郎だ。難波にも見覚えがあった。ラジオ体操の時、感謝の言葉を伝えてくれたことが非常に嬉しかったからだ。

「どうされました？」

菱沼が追いかけてきて、難波に声をかけた。難波は足を止めて振り返った。

「あの男が、あなたの家に貼り紙を！」

「私も追いかけます」

すかさず菱沼も走り出し、難波と並んで男を追いかけた。何かスポーツをやっているのだろうか、菱沼の足は、速い。難波は追跡を菱沼に任せて、その場にしゃがみ込んだ。ゼイゼイと荒い息づかいをなんとか抑える。

ようやく立ち上がると、難波は菱沼の家の前に戻り、男が放置していったビニール袋を点検した。不潔かもしれないし、自分の指紋をつけてはいけないので、防寒用の手袋をつけた。

そこへ、近所の人が警察に通報したのか、交番勤務の警察官が自転車で駆け付けた。

「どうなさいましたか？」

警察官が訊く。難波は目撃した一部始終を説明し、携帯電話で撮った写真を見せた。

袋の中には、菱沼を誹謗するビラが何枚も詰め込まれていた。死ね、出ていけ、感染症を広げるな、などという文字が見える。

感染症に罹患した人を助けるべく日夜《にちや》奮闘している医師に対して、なんという冒瀆《ぼうとく》だろうか。

「逃がしてしまいました……」

菱沼が汗を拭《ぬぐ》いながら戻ってきた。

「残念でした」

難波は俯《うつむ》いた。

「ありがとうございました。お陰で貼り紙はすぐ剝《は》がせそうです。これ、時間が経つと剝がすの大変なんですよ」

菱沼は笑顔で言った。

「菱沼さんは慶祐病院で感染症の患者さんのために奮闘されているご立派な方だというのに、こんな心ないことをする人間がいるなんて、悲しいことです」

難波は険しい表情で言った。

「残念なことだと思います。ところで、私が慶祐病院の医師であるということは、どこでお知りになったんですか？」

「『キッチン欅』の山根さんから伺いました」

「そうでしたか……。あの店は時々、利用させていただいています」菱沼はにこやかに言った。「ところで、第七明和銀行の方ですよね」

言い当てられて、難波は少し驚いた。

「はい、事務課長の難波と申しますが、菱沼さんこそ、どうして私のことを？」

「ラジオ体操ではお世話になっています。お陰で母も元気になりました。ありがとうございます」

「いやぁ、そう言っていただけると、こちらもやった甲斐《かい》があったというものです」

疑問が氷解した難波は、相好《そうごう》を崩した。

証拠品としてビニール袋とビラを押収した警察官は、後ほど難波と菱沼に高田署まで足を運んでくれないかと言った。その際、難波には証拠写真を撮影した携帯電話を持参して欲しいという。

「木村刑事によろしくお伝えください」

難波は警察官に笑みを向けた。

「はっ。お伝えいたします。それでは本官はこれで失礼します」

警察官は大仰《おおぎょう》に敬礼をして立ち去った。

「嫌な世の中になりましたね。なぜこんなに人を誹謗中傷したがるんでしょうね」

難波は、警察官の後ろ姿を見つめながら呟いた。

「皆が感染拡大に苛立《いらだ》っているのかもしれませんね。私たち医療従事者は、日夜頑張っているんですがね。特に私には、高齢で認知症の母がいるので、感染症を自宅に持ち帰らないよう細心の注意を払っています。医療従事者の家族が差別の目に晒《さら》されるというのは理不尽《りふじん》で、やりきれません」

「私たちのように感謝している人間が大勢いますから、どうぞ頑張ってください」

難波は、菱沼を見つめて力強く言った。

「ありがとうございます」菱沼はさわやかな笑顔を浮かべた。「ところで第七明和銀行には、多加賀主水さんという方がおられますね」

菱沼から主水の名前が出てきたことに難波は驚いた。

「ええ、おりますが、なにか？」

「難波さん、ちょっとご相談があります。この後、よろしいですか？」

菱沼は神妙な顔つきで言った。

難波は迷った。いまは出勤途中なのだ。遅刻はできない。

「お時間は取らせません。ほんの少しで結構です」

菱沼の表情から笑みが消え、どこか思いつめた様子だった。

「分かりました」

5

前日の約束通り、主水は第七明和銀行の本店に直行した。

「おはようございます」

秘書室の前で、企画部の椿原美由紀が、笑顔で出迎えてくれた。

「美由紀さんも呼ばれたのですか？」

「はい」

「こんな朝早くから、いったいどんな用件なのでしょうね」

「じつは、主水さんを頭取室にご案内するようにと指示を受けています。こちらへどうぞ」

美由紀は笑顔から一転、神妙な顔つきになって、主水の先に立って歩き始めた。

「頭取？」

主水は驚き、同時に緊張した。第七明和銀行のトップともあろう者が一介の庶務行員に会いたいとは、いったいどういうことだろうか。

頭取の吉川栄《さかえ》とは、面識がないわけではない。むしろ密接な関係であるともいえる。以前、吉川の息子が事件に巻き込まれた際、主水が事件を解決し、彼を救出したという経緯があるからだ。

「私も詳細は伺っていません。でもきっと沼田さんの事件に関してだと想像します」

美由紀が主水に耳打ちした。

「頭取は、何に関心があるのでしょうか」

主水は呟き、美由紀の後に従った。

頭取室は、秘書室のすぐ近くである。美由紀が木製の重厚なドアを叩くと、廊下に硬い音が響いた。早朝ということもあって、廊下には主水と美由紀以外、誰もいない。

「誰もいないので少し不気味でしょう？　リモート勤務が徹底していて、最近とみに人がいないので、寂しさも倍増しています」

美由紀が苦笑した。

政府や都から「出勤者を減らすように」と要請を受け、企業は社員の自宅での「リモート勤務」拡大を図《はか》っている。第七明和銀行でも、本店をはじめとする間接部門で、極端に出勤者が減少しているのだった。

　美由紀がドアを開けた。

「主水さん、どうぞ中へお入りください」

「はい」

　主水は緊張しつつ、足を運んだ。室内には、吉川と新田が並んで立っていた。

「主水さん、朝早くから申し訳ない」

　吉川が主水に笑顔を向けた。

「どうぞ、そちらにお座りください」

　新田が、掌《てのひら》をソファに差し向けた。

　主水がソファに座ると、目の前に吉川と新田が座った。

　美由紀は、頭取室内に設置されているコーヒーメーカーでコーヒーを淹《い》れると、主水たちの前に並べた。そして室内に置かれているスツールを持ち出し、新田の座ったソファの傍に座る。

「自前のコーヒーだけど、美味いから飲んでください」

　吉川が、穏やかな笑みで主水にコーヒーを勧めた。

「ありがとうございます。いただきます」

主水はコーヒーを口に運んだ。芳しい香りが、眠気を覚ましてくれる。

「早朝にもかかわらずお呼びしたのは……」

新田が口を開くと、吉川が「私から話します」と遮《さえぎ》った。

「分かりました」と新田は口を閉ざした。

吉川の態度から、かなり深刻な事態のようだと主水は察知し、コーヒーカップをソーサーに置いた。

「主水さんには本当にお世話になった。心から感謝しています」

吉川が頭を下げた。

「そんな……。昔のことですから」

主水は恐縮した。

吉川は立派だ。雑用をこなす庶務行員に過ぎない主水に素直に礼を言い、頭を下げる点は、尊敬に値《あたい》する。できそうで、なかなかできないことだった。頭取という地位は、人間を尊大にするものだからだ。

「今回も主水さんのお力を貸してもらいたいのです。早速、用件に移らせてもらいますが、よろしいですか」

「どうぞ、お話しください。私でお役に立てることであればいいのですが」

「主水さんは、十二年前の行員殺害事件を調べておられるとお聞きしましたが……」

吉川は慎重な口調で切り出した。

「はい。二〇〇八年十二月に旧第七銀行高田通り支店の行員、沼田信吾さんが殺害された事件を調べております」

主水も言葉を選びつつ、答えた。

「私も、あの事件はずっと気がかりでした」吉川は悲しげに眉根を寄せた。「それで、調査の進捗《しんちょく》はいかがですか」

「まだ、なんとも言えません」

吉川の意図を測りかねた主水は、これまで得た情報をとりあえず秘匿《ひとく》することにした。

「そうですか……」吉川は一層、顔を曇らせた。

「主水さん、少しでも情報があるなら、教えてくださいませんか?」新田が少し苛立《いらだ》ちを覗かせた。「頭取が気になさっているわけですから。何もないってことはないでしょう」

「気がかりだったとおっしゃいましたが、実際は、十二年もの間、事件を放置されていたのではないのですか?」

「放置していたわけではないです。我々も調べていました」

新田が身を乗り出して反論した。

「へえ、そうだったのですか」いかにも意外だという顔で、主水は皮肉を言いたくなった。「銀行でも調べておられたのですか」

十二年間、何の進展もなかった。それで「調べていた」とはよく言えたものだと、主水は珍しく憤《いきどお》りを隠せなかった。美由紀が眉根を寄せ、揉めないでくださいと目線だけで主水に懇願《こんがん》する。

「新田君、正直に話しましょう」

吉川は渋面《じゅうめん》を作った。

「分かりました」

新田は神妙な態度で引き下がった。

「気がかりではありましたが、正直に申し上げて熱心に調査したというほどではありません」吉川が話し始めた。「なぜなら、我が行のスキャンダルに発展する恐れがあったからです。未解決のまま忘れられてしまえばいいと考えていたことも事実です。しかし、主水さんが調査し始めたと新田室長や椿原さんから聞き、私は、このままではいけない、こちらでも再調査すべきであると決意しました」

新田と美由紀が神妙に視線を落とした。

主水は、吉川の誠実さを感じていた。

「私の現時点での考えを申し上げますので、主水さんがお持ちの情報で補完していただけませんか」

吉川は、思いつめたように主水を見た。

「承知しました」と主水は答えた。

「実は……」吉川が言いにくそうに口を開いた。「私は、沼田さん殺害事件と、ほぼ同時期に起こった歳川一郎営業第七部副部長のひき逃げ死亡事件とに、関連があるのではないかと疑っているのです。その二つの事件に共通して関係している人物がいます。それは分かりますか?」

「大城雅也、元高田通り支店長。現コスモスエステート社長ですね」

主水は吉川を睨《にら》み返すように見つめ、淀《よど》みなく答えた。

吉川の表情が一瞬、晴れやかになった。我が意を得たり、と笑顔さえ浮かべた。

「その通りです。私たちが調べたところを申し上げます」

主水は、ごくりと唾《つば》を飲み込んだ。主水自身も、沼田と歳川の死に関連があると考えていたが、それを調べるには歳川が当時どんな仕事をしていたのか、知る必要があった。そのために、銀行本部の協力が不可欠だったのだ。その懸案事項が今、思わぬ形で解決しそうになっている。

「営業第七部にいた歳川さんは、日本郵政公社民営化関連の担当責任者的な立場でした」吉川が話し始めた。「これは銀行にとっても大変大きなプロジェクトでした。なにしろ、民営化後の会社の取引のみならず、各地にある不動産などの有効活用で膨大な資金需要《じゅよう》が見込めたからです。歳川さんは熱心に取り組んでおられましたが、他行との競争、競合は熾烈《しれつ》を極めておりました。そこに大城さんが関係してきます。大城さんは、支店の管内にある郵政公社所有の不動産払い下げを担当していました。二人は、民営化に関わるビジネスチャンスを逃がさないように協力していました。二人は同期で、かつライバルでもありました……」

そこで言葉を切った吉川は美由紀に「例の書類を」と指示した。すかさず立ち上がった美由紀は、頭取の机に歩み寄ると、ファイルを手に取って戻ってきた。そしてファイルから一枚の書類を取り出し、テーブルに広げた。

「これは？」

主水は訝《いぶか》しんだ。取引かなにかを示すのだろうか、暗号のような図式が活字で印刷されている。

「頭取宛に送られてきたものです。この封筒に入っていました」

美由紀が書類の横に、封筒を置いた。宛名欄には『歳川・沼田殺害事件の真相究明を求む』と書かれている。

「誰から送られてきたのかは分からないのですか？」

「分かりません。ただし、送られてきたのはつい最近……主水さんたちの調査が始まってからです」

吉川の代わりに新田が答えた。

「私たちの調査と関係あるのでしょうか」

主水が首を傾げた。

「新田さん、説明してください」

吉川に促され、新田が頷いた。

「私と椿原は、頭取の命を受け、歳川さんが担当していた仕事について、調査しました。当時の書類、交渉記録などを全て調査しましたが、疑わしい点や怪しまれる点などを見つけることはできませんでした。このまま徒労に終わるのかと思われた矢先、この書類が送られてきたのです。私たちは、この書類をベースに調べ直しました」

新田は身を乗り出し、書類を指さした。

「ここに印字されている記号と、歳川さんの残した交渉記録とを照合してみたのです。すると、驚くべき事実が見えてきました。歳川さんは当時、他行に圧《お》され、民営化後の日本郵政関連会社の主要取引の獲得が危ぶまれており、部長に叱責されていました。頑張らねばならないと自らを励ます記述が残っています」

「追い詰めたのは、銀行として申し訳なかったと思います」

吉川は苦渋《くじゅう》の表情を浮かべた。

「話を続けます」新田は言った。「この書類は、SPCという特別目的会社を設立して、ある不動産を取得する取引の流れを図式化したものです」

「難しいことは分かりませんが、構わず続けてください」

主水は肩をすくめた。

「承知しました」新田が微笑んだ。これまで多くの難題を解決してきた主水らしからぬ物言いがおかしかったのだろう。「通常、企業が不動産を取得する場合、銀行から融資を受けます。取得する不動産が担保《たんぽ》になり、借り手が破綻《はたん》するなどの事態になれば、担保を処分し、それでも返済できない借入金は、借り手が責任を持って返済しなければなりません。この際、銀行が融資をするのは『リコース・ローン』といいます。翻訳すれば『遡及《そきゅう》型融資』ですね」

　ここまではいいですか、と新田が主水を見た。主水は無言で頷いた。

「それとは異なり、大型の不動産を取得する場合、不動産の取得、管理などを目的とする会社を設立します。これがSPCです。まあ、臨時の会社だと考えてください。会社ですから当然、資本金があり、出資者がいます。そのSPCに銀行が融資をして、不動産を取得します。しかしその融資は『ノン・リコース・ローン』といい、非遡及型が多いのです。この書類に記載された融資も……」

　新田は、書類上のBANKという字から延びている矢印を指さした。

「というと、返済不要なのですか?」

　主水の質問に、新田は苦笑した。

「そうではないのですが、不動産から得られた収益で返済することになっています。その収益は出資者に配当という形で配分もされます」

「つまり……」主水が目を光らせた。「不動産でひと儲けしようとする連中や銀行が考えた仕組みなんですね。もし儲けが見込み通りにならなくても、銀行に追い詰められなくて済むと」

「主水さんは理解が早い」と吉川が笑みを浮かべた。

「それほどでもありません。これくらいのことは分かります」

主水は照れた。

「話は、ここからです。この書類と同じものを、大城さんが支店長時代、審査部に上げていたのです」

「えっ！」

主水は驚いた。

「起案者は沼田さんとなっていました」新田は憤りを顕《あら》わにしつつ、強い口調で説明を続けた。「SPCを作ったのは、如月不動産社長の如月満太です。SPCの資本金は一億円。如月の他に二社が出資者として名を連ねていますが、これらの会社はペーパーカンパニーで、素性《すじよう》を調べるのは我が行の手に負えませんでした。そのSPCに、大城さんの高田通り支店は三〇億円のノン・リコース・ローンを融資しています。この仕組みに歳川さんも深く関与しているとみられます。交渉記録をみると、大城さんや沼田さんは、頻繁《ひんぱん》に如月と会っているからです。内容までは詳しく書かれていませんでしたが、SPCに関する相談だと推測されます。というのも、当時、日本郵政公社に関わる案件は、全て頭取が出席する経営会議に諮《はか》ることになっていました。ところが本件は、審査担当役員限りで決裁されているのです。決裁した当時の審査担当役員にヒアリングしましたが、詳細は覚えていないと言いつつ、歳川さんが強力に頼んできたと証言しています。経営会議に諮るルールを知らなかったと言っていますが、そんなバカげたことはありません。審査担当役員も経営会議のメンバーなのですから」

「この取引が不正なのですか」

主水が訊いた。

「不正という程のものではありませんが……」

新田は吉川の顔を窺った。

「では、何が問題なのですか？」

主水が再び訊いた。

「不動産に関わる仲介《ちゅうかい》等の手数料は、宅建法からも三％と決められています」

新田は顔を曇らせた。「が、ＳＰＣは五億円もの手数料を徴取《ちょうしゅ》しているのです。その五億円は、三〇億円の融資と同時に如月不動産が受け取っています」

「五億円もですか……。これは大きすぎますね。違法なのでしょうね」

「一概には言えません。仲介手数料だけでなく、いろいろな管理名目で徴収することがありますから。とはいえおっしゃる通り五億円は法外です。このＳＰＣは、最初からこの手数料を徴取するために作ったとしか思えないのです。ＳＰＣから受け取った五億円は如月不動産を通じ、いくつかの会社に支払われていますが、いずれもペーパーカンパニーです」

「胡散臭《うさんくさ》いですね」

「ええ、全くその通りです」

「他にも何かあるのですか？」

「三〇億円の融資は、建設されたビルの収益で返済されることになるわけですが、長年に亘《わた》って元本は返済されず少しの利息が支払われただけでした。そして二〇一一年に大城さんが銀行を常務で退任し、コスモスエステートの社長に就任した途端に、コスモスエステートが肩代わりしているのです」

「ということは、あの高田町ファーストビルの実質的オーナーは、コスモスエステートということになるのですか？」

「登記簿上はＳＰＣの所有ですが、融資額だけから見ると、そういうことになります」

「ちゃんと返済されているのでしょうか？」

「コスモスエステートはそのことについて私たちに何も答えません。大城さんから回答するなと言われているようです」

新田の表情は一層、浮かないものになった。

「大城さんは頭取レースに敗れてコスモスエステートに転出させられ、それで奮起して事業を成功させた。そう、ご本人から伺いましたが、これをみると最初から仕組んでいたような気がしますね」

主水は呆れた様子で言った。

「まさに主水さんの指摘する通りだと思います」吉川が口を挟んできた。「出資者となっている二社、管理料などの手数料を受け取った二社、これらもいったいなんの会社なのか？　最終的に誰が儲けたのか？　全く分からない。知っているのは大城さんだけです。さらに言えば、肩代わりした三〇億円の融資は、今どうなっているのか。それも分からない」

冷静な吉川にしては、珍しく怒りを顔に出していた。

「それにしても、歳川さんはどうして大城さんの取引に協力したのですか？」

主水は疑問を口にした。

「歳川さんは非常に真面目で、仕事熱心だったようです」新田が答えた。「なんとしても日本郵政公社関連の取引を取りたかったのでしょうね」

「それで、結果はどうなったのですか」

主水の質問に、吉川も新田も困惑して顔を見合わせた。これには吉川が答えた。

「我が行は、民営化後の日本郵政など、主要な会社のメインバンクグループの一角を占めることができたのです」

「それはなによりでしたね。もしかしたら、そのSPCのお陰とか？」

「そうかもしれないのです」主水に探るような目つきで訊かれ、吉川の表情は暗く沈んだ。「実は、これには民自党の峯島康孝議員、品川弥一議員の強力な支援があったと、歳川さんの後任の副部長――当時の営業部長が証言しています」

「峯島議員といえば現在の首相で、品川議員は幹事長ですね」

「その通りです」

吉川が頷いた。

「まさか、手数料や出資の配当を受け取っているのは、彼らだというのですか？」

主水は目を見開いた。

「私たちは、そうだと考えています。そうでなければ、我が行のメイン獲得に、彼らが協力してはくれません」

これで一本の糸につながった。主水は確信を深めた。主水が推理していた通り、高田町ファーストビルは、民自党の選挙資金調達に使われたのだろう。

「主水さん、協力して欲しい」吉川が頭を下げた。「私は、全てを承知しておきたいと考えています。そうでないと、歳川さんや沼田さんが浮かばれません。もし何もしなければこの怪文書を送ってきた何者かが、事件の真相を明らかにせよと、外部から我々を責《せ》めるでしょう。そうなると、我が行のスキャンダルになる可能性があります。このままではどうしようもありません。大城さんをコスモスエステートから排除して、あの会社の内実を徹底的に洗いたいのです」

吉川は顔を上げ、強い視線を主水に向けた。

主水は吉川の迫力に圧《お》され、「うっ」と唸《うな》った。

——私と吉川の仲が険悪なのは、知っているかね。

そう言い放った大城の声が、鮮明によみがえってきた。

吉川の誠実そうな顔が、にわかに薄汚れて見えた気がした。吉川は、大城をコスモスエステートから追い出したいがために話を作り上げる大変な策士なのではないか——との疑念が、頭を過《よぎ》ったからだ。

「主水さん、頼む。君の力を貸して欲しい」

吉川が、頭取という立場を忘れたかのように下手《したて》に出て、必死に頼んでいる。

「私は一介の庶務行員です。頭取の期待に応《こた》えられるとは思いませんが……」

主水は焦燥《しょうそう》に駆られ、すぐにでもその場から逃げ出したくなった。しかし、沼田と歳川殺害の犯人に近づくためには、逃げ出すわけにはいかない。

主水は、眉間《みけん》に深く皺を刻んだ。

第六章　巨悪を眠らせるな

1

難波俊樹は、異様に興奮していた。早くこの情報を多加賀主水に伝えなければ……その一心で必死に足を動かしているのだが、思いばかりが先行して、体が前につんのめりそうになる。

本店に行った主水は、もう戻っているだろうか。戻っていて欲しい。この情報を聞けば、主水は驚愕《きょうがく》するに違いない。いつも事件が起こると主水の力に頼りきりだが、今度ばかりは違う。自分も大いに貢献《こうけん》しているという自覚が、難波にはあった。難波は思わずニタリと口角を引き上げた。

「あっ！」

難波の足が何かにぶつかった。道路の段差に気づかなかったのか。体が一瞬、宙に浮く。そのまま地面に衝突《しょうとつ》するのを防ごうと、慌《あわ》てて両手を伸ばしたのだが、間に合わない。

ゴンッ。

鈍《にぶ》い音が、難波の耳の中で響いた。思いのほか大きな音だ。急に難波の目の前が暗くなり、意識が薄れていく。

「主水さん……」

2

本店ビルを出て振り向くと、勇壮なビルが青空を突き刺すように建っている。主水は、ふうっと大きくため息をついた。

第七明和銀行の頭取吉川の誠実さを疑ったことはない。彼は、その高い地位にある人間にしては珍しく謙虚《けんきょ》である。側近の新田とも気心の知れた仲だ。

しかし彼らも権力を握《にぎ》る人間である。一方の権力者である大城が自分たちを脅《おびや》かす存在であれば、それを潰《つぶ》さねばならないのだろう。

——大城さんをコスモスエステートから排除して、あの会社の内実を徹底的に洗いたいのです。

吉川はそう言った。同社の財務内容などに不審な点がないか解明したいが、大城が君臨《くんりん》したままでは手がつけられない……。

吉川と大城は、いわば生死を懸《か》けた戦いを繰り広げていた。その狭間《はざま》に主水は落ちてしまったと思われる。

――君はなかなかの男らしい。評判を聞いたぞ。我が社に来ないかね。報酬は弾むぞ。一〇〇〇万円以上は保証しよう。

主水に対する大城の誘いは、あながち冗談ではなかったのかもしれない。主水を吉川から引き離す作戦だった可能性がある。

主水の人生は、権力奪取の争いとは全く無縁だった。そんな空《むな》しい争いに時間を取られるのは無駄だとさえ考えている。しかしどうも今回は、その争いに巻き込まれてしまいそうだった。沼田の死の真相を究明し、第七明和銀行の行員たちに誇りを取り戻したいという思いで奔走《ほんそう》してきたが、事態は好ましくない方向に進んでいる。このまま進むべきか、それとも究明を断念するべきか。

「おい、主水、何を悩んでいるんだ。お前は余計なことに振り回されず、真実を追求すればいいんだ。それがお前の進む道だ」

主水は、声に出して自分に言い聞かせた。

腕時計を見ると、すでに支店の開店時刻を大幅に過ぎている。急がなくてはいけない。いくら頭取に呼ばれたからといって、いつまでも本来の業務から離れているわけにはいかない。難波課長の不機嫌《ふきげん》な顔が目に浮かぶ。

主水は地下鉄の駅に向かい、階段を駆け下りていった。

高田通り支店に到着した主水は、難波課長の席に急いだ。思った以上に時間がかかったことを謝罪するためだ。

ところが、難波課長は席にいなかった。呑気《のんき》にトイレにでも行っているのだろうか。

「難波課長はどこかに行かれているんですか？」

主水は、近づいてきた香織に訊《き》いた。

香織は、意外そうな顔で首を傾《かし》げた。

「あれっ、主水さんと一緒じゃなかったのですか？」

「えっ、どういうことですか？」

「難波課長、まだ出勤されていないんです」

香織が困惑《こんわく》した顔で返事をしたまさにその時、ロビーから「主水さん」という呼び声が聞こえた。驚いて声のした方向に視線を向けると、そこには北林隆司がいた。彼が肩を貸しているのは、頭に包帯を巻いた難波だ。ただならぬ光景に、ロビーにいる客がざわつく。

「課長！」

香織が悲鳴のような声を上げた。

主水は、急いでロビーに向かった。

「難波課長、どうされたのですか？」

主水が覗《のぞ》き込むと、難波は苦しそうに顔を歪《ゆが》めて「不覚……」と呻《うめ》いた。

「住宅街の道路で倒れていらっしゃったんです」隆司が代わりに答えた。「たまたま私が通りかかったところ、頭から血を流していましたので、急いで救急車を呼び、病院にお連れしました。幸い頭部打撲《だぼく》だけで、他には何も問題なかったようです」

「誰かに襲われたのですか？」

香織に問われ、難波が顔を上げた。

「段差に足を取られて転倒しただけなんです。年は取りたくない……」

難波は情けない声で言って項垂《うなだ》れた。

「気を付けてくださいよ」

香織が眉《まゆ》をひそめた。

「ロビーじゃなんですから、食堂でお休みになりますか?」主水は言い、難波に手を差し伸べた。

「大丈夫です。私が食堂までお連れします」

隆司は難波に肩を貸したまま、にこやかな笑顔を浮かべた。

「主水さん、とても大事な話があるんです」

難波が苦しげに声を絞り出した。

「どんな話ですか?」

「うーん、それが……頭を打った衝撃で忘れてしまったのです」難波はいかにも悲しそうに目を伏せた。「必ず、必ず、思い出します。とても大事なことなんです」

「分かりました。とりあえず食堂へ行きましょう」

主水は励ますように言った。

「課長、しっかりしてくださいね」

香織も優しく慰める。

「ありがとう。本当に情けないよ。転倒するなんてね。運動不足かな」

難波が泣きそうな顔になると、バンクンが心配そうな様子で近づいてきた。

「ナンバ課長、鉢巻きしているのデスカ?」

「これは包帯。鉢巻きじゃないの」

難波が答える。

「包帯……ケガしたのデスネ。気をつけてクダサイ」

「バンクン、ありがとうね」

難波はバンクンの頭を撫《な》でた。

「業務は私とバンクンに任せて、休んでください」

香織はそう言い残し、窓口に戻った。

「ボク、頑張《がんば》りマス。バンクン課長デス」

バンクンが敬礼した。

「ついにAIにポストを奪われたか……」

難波は苦い顔で呟《つぶや》いた。

高田通り支店の行員食堂には、ちょっとした小上がりがある。畳敷きになっていて、行員たちの休憩に使われているのだ。難波は座布団《ざぶとん》を枕にして、そこに体を横たえた。

「医者は、少し休憩すれば大丈夫とおっしゃっていました」

隆司が言った。

「医者が……」難波が呟く。「ちょっと待ってね。主水ちゃんに伝える大事な話を思い出すからね」

「焦《あせ》らずゆっくり考えてくださいね」

難波に微笑《ほほえ》みかけてから、主水は隆司に視線を向けた。

「北林さん、ちょっとお尋《たず》ねしたいことがあるんです」

「主水さん、じつは私もお話が……」

隆司が言った。その表情には、なぜか安堵《あんど》が漂っていた。

「では私からでいいですか？」

「お願いします」

主水の申し出に、隆司は軽く頭を下げて応じた。先ほどの安堵の表情に、緊張が加わった。

「私は、あなたに依頼されたことをきっかけに、沼田さん殺害事件を調べ始めました」主水の表情は険《けわ》しい。ごまかしは許さないという気持ちが表れていた。

「ところがあなたはなぜか私を尾行していましたね。新宿支店を訪ねた時、あなたの尾行に気づいたのです。なぜ尾行していたのですか?」

「よかった……」隆司がほっとため息を吐《つ》いた。「実は私も、そのことについて話したかったのです」

「えっ?」

主水は首を傾げた。

「実は、主水さんを尾行するようにと、如月社長の妹さんに命じられたのです」

隆司は困惑した表情で明かした。

「うーん」

畳に寝ている難波が、頭を抱えて唸《うな》っている。何か重大なことを思い出そうと苦心しているようだ。頭を打った衝撃で、一時的に記憶を喪《うしな》っているのかもしれない。

「妹さんというと、大城多恵さんですか?」

主水は訊いた。

「はい」隆司は頷いた。「あの方は如月不動産の取締役のお一人なのです。先日、会社にいらっしゃった多恵様に声をかけられて、沼田さん殺害事件の調査を主水さんに依頼したのかと尋ねられまして……。きっと社長からお聞きになったのだと思います。それで主水さんの行動を調べて報告するようにと命じられたのです」

「なぜ、そんなことを？」

「分かりません」隆司は眉《まゆ》を曇らせ、首を傾げた。「多恵様は社内で大きな力を持っておられます。女帝と言われ、社長でさえ意見できないほどです。噂では、今日の如月不動産の隆盛は、多恵様の力があってこそだと言われています。そんな方が、主水さんの動きを気にされたのです。私には理由が分からず、今こうしてお話ししています」

隆司の話に、主水はしばらく目を閉じて考え込んだ。女帝？　あの美しさの陰にある意外な素顔に驚きを覚えていたのだ。

「それで、多恵さんには尾行の結果をどのように報告されたのですか？」

主水の問いかけに隆司は困惑した表情になった。

「言おうか言うまいか迷っていたのですが、迫られてどうしようもなくて、昨日、主水さんが新宿支店に行かれたことを報告しました」

「それで反応は如何《いかが》でしたか？」

　主水は、新宿支店の入口で多恵と遭遇《そうぐう》したことは黙っていた。

「ええ、多恵様はもの凄く動揺されました。誰と会っていたのか、何を話していたのか。主水さんから何か報告を聞いていないのかなどと問い詰められて……。驚きました。何も分かりませんとお答えしたら、怒ってしまわれたのです。なぜ主水さんが新宿支店に行ったというだけで、あれほど動揺されたのでしょうか。あの日、主水さんは新宿支店で誰に会われたのですか？」

「沼田さんの同期の澤山課長に会ったのですが……」

　そこで何かが閃《ひらめ》いたのか、隆司が大きく頷いた。

「多恵様は、新宿支店と澤山さんを結びつけたのですね。きっと」

「そうとしか考えられませんね」主水は考え込んだ。「それにしても多恵さんはなぜ、私の動向を気にしたのか。なぜ私が彼と会っただけで動揺したのか。疑問は多いですね」

「もしかしたら多恵様は、澤山さんと以前から連絡を取り合っていたのかもしれませんね」

　あの日も多恵は澤山に会うために新宿支店を訪ねたのではないだろうか。そうに違いないと主水は確信した。

主水はあることを思い出した。

事件当夜、沼田は寒空の下、大事な人を待っていたのではないか——。

難波の推理だった。

「課長！　難波課長！」

主水は叫んだ。

突然の大声に驚いた難波は目を瞠《みは》り、憑《つ》き物が落ちたように気の抜けた顔をした。

そして難波は声を張り上げた。

「思い出しました。菱沼さんは、歳川さんの息子さんなんです！」

「えっ？　どういうことですか？」

難波はがばっと体を起こし、畳の上に胡坐《あぐら》をかいた。

「今朝のことです……」

難波は、今朝の出来事を話し始めた。

医療従事者を誹謗中傷《ひぼうちゆうしよう》する犯人は許せない。義憤《ぎふん》に駆られた難波は、慶祐病院の医師、菱沼の自宅近辺を歩いていた。すると怪しい男が、菱沼の家の塀に貼り紙をしようとしていた。難波は大声を上げた。男は逃走した。残念なことに男は取り逃がしたが、その直後に、菱沼から大事なことを託されたのだ。

「ようやく思い出しました。早く主水さんに知らせようと急いだばかりに転んでしまって……」

難波は悔しそうに表情を歪めた。

「菱沼さんは歳川さんのご遺族なのですか？」

主水が訊いた。

「その通りです」

答えたのは、難波ではなく隆司だった。主水と難波は、二人揃って言葉を失った。

3

「私は、いつものように高田町ファーストビルの脇の、あの祠《ほこら》にお参りをしていました。そこに声をかけてこられたのが菱沼さんでした」隆司は、菱沼と出会った経緯を話し始めた。「慶祐病院で診察を受けたこともあって、菱沼さんのことはかねてより存じ上げていたのです……」

――北林さん。こんなところで、何をされているんですか？

――ああ、菱沼先生。この祠には、恩人が祀《まつ》られているのです。

――恩人ですか？

――はい。貧しかった幼い頃、知らない人からこんなものをもらって『正しい大人になるんだよ』と言葉をいただいたのです。

「私が例の行章を見せると、菱沼さんはまるで検査でもするように、いろいろな方向から点検されていました。そして突如《とつじょ》、大粒の涙をこぼされたのです……」

――先生、どうされましたか？

――北林さん。これは旧第七銀行の行章で、私の父のものなのです。実は私も、父から同じ言葉をかけられて育ちました。

隆司の話に、主水も難波も驚きはしたが、口を挟まずじっと聞いていた。

――北林さん。この行章を、どこで？

――母と二人で高田通り商店街を歩いている時、たまたまぶつかってきた男の人に、お詫《わ》びのつもりなのか、理由もなく手渡されたのです。ただ、翌日に、ちょうどこの祠のある場所で、沼田信吾さんという銀行員の方が何者かに殺される事件があって……もしかしたらこの行章を持っていた人なんじゃないかと……。犯人はまだ捕まっていないので、こうして沼田さんの霊が祀られているんです。

隆司の話が終わるや否《いな》や、待っていたかのように難波が口を開いた。

「今朝、菱沼さんから伺いました。父の姓は歳川だったが、訳あって今は母方の姓である菱沼を名乗っていると」

「その話は、私も聞いたことがあります」北林が口を挟んだ。「菱沼さんはおっしゃっていました。菱沼さんはお父様から『誰も信用してはいけない、もし自分に何かあったら母さんと一緒に逃げなさい』と言われていたと。だからお父様が亡くなったあと、菱沼の姓を名乗っているのだと……」

「菱沼さんは、殺された沼田さんのことも知っていると言っていました」難波が話を続けた。「沼田さんが殺される直前『キッチン欅』で会食していたのは、まだ歳川を名乗っていた頃の菱沼さんだったのです。彼は、沼田さんからお父様の――歳川一郎さんの行章を見せられたそうです」

――歳川さん。お父様からこれを預かりました。退職を覚悟されたお父様は、これを私に託したのです。そして『正しいことをやろう』とおっしゃいました。その結果、非業《ひごう》の最期《さいご》を遂《と》げられたのです。

――……。

――私もどうなるか分かりませんが、必ずお父様のご遺志を継ぎます。私の決心は変わりません。

「山根ママから、沼田さんが最後の夜に若い男性と会っていたとの話を伺いました。それは菱沼さんだったのです。山根ママは当時、菱沼さんとはお知り合いではなかったので、あの夜、沼田さんと会っていたのが菱沼さんだとは気づかれなかったのです」難波は、隆司を見つめた。「菱沼さんは、沼田さんに鎮魂《ちんこん》の祈りを捧《ささ》げる北林さんの姿を見て、衝撃を受けられたようです。現実から逃げてはいけない、自分の父親と沼田さんを殺した犯人を見つけたい……そう思われて、北林さんに相談された。そうですね？」

「はい」隆司は、申し訳なさそうな表情で視線を落とした。「菱沼さんから調査を依頼された私は、かねがねお噂を耳にしていた主水さんに、調査をお願いすることにしたのです」

「私たちのことが信用できるかどうか確信が持てるまで、真実を話すのを控えておられたわけですね」

　主水はやや険しい表情になった。

「申し訳ありません」

　隆司は素直に頭を下げた。

「私たちは、北林さんに行章を手渡したのが沼田さんだったのかどうか、確信が持てなかったのですが、これではっきりしました。時間がかかりましたがね」

　主水は、やや皮肉を込めて隆司を見つめた。隆司は再び、頭を下げた。

「まあ、済んだことはしかたがないですね。主水さん、ここからが始まりですよ」難波が主水を宥《なだ》めた。「沼田さんが引き継ごうとした歳川さんの遺志というのは、やはり旧郵政公社絡《がら》みの不正の告発らしい。菱沼さんは、殺された沼田さんに申し訳ない気持ちをずっと抱えていて、怒りに突き動かされて、今回の行動を起こしたと言われていた。多くを秘密にしていたことを深くお詫びする、とも」

「たしかに私たちは、菱沼さんと北林さんに振り回されたのかもしれませんが……」主水は、声に強い意志を込めた。「第七明和銀行の行員として、いずれはこの問題に向き合わねばならなかったのです。北林さん、ひとつお願いがあります」

「なんでしょうか？　何でも協力します」

隆司が熱のこもった視線で主水を見つめ返した。

「美しい女狐《めぎつね》を、穴倉から燻《いぶ》りだすのです」

4

「来ましたよ。主水さん」

香織が声をひそめた。

「はい、予想通りです」

主水は頷いた。

「歳川さんの奥様の旧姓を美由紀と一緒に調べて、ようやく突き止めたと思ったら、難波課長に先を越されたのは残念でした」

香織は悔しそうに唇《くちびる》を尖《とが》らせた。

「まあまあ、競争しているわけではありませんから」

主水は慰め口調で言った。

「しかし、私たち銀行員なのに、こんな探偵のようなことをしていていいんでしょうか？」

香織が疑問を口にした。

「大丈夫ですよ。行員の誇りを取り戻すためですからね。それに今回は大活躍の難波課長が、私たちの留守を預かってくださっているでしょう」

主水は雑誌で顔を隠しながら、第七明和銀行新宿支店に入ってきた多恵を横目で盗み見ていた。

今回の事件解明のキーは大城多恵——旧姓如月多恵にあると主水は考えていた。隆司の話から、彼女が主水たちの行動に異様なほどの関心を持っていると思われたからだ。なによりも、主水が新宿支店に行ったと知って衝撃を受けた様子だった。

多恵と澤山との間に、何かがある――。

かつて多恵は、沼田とつき合っていた。恋人関係だったかもしれない。

一方、澤山は沼田と同期で、かつライバルだった。仲が良いという情報もあったが、決してそうでもなさそうに思える。むしろ沼田のことを話題にして欲しくないという意志を、主水は感じ取ったのだ。

三人の関係は複雑で、歪《いびつ》な印象である。

それに加えて、難波の推理だ。

沼田は事件当夜、大事な人に会おうとしていたのではないか――。

隆司の話を聞いた後では、難波の唱える多恵犯人説に、主水も大きく傾いている。

旧郵政公社の土地払い下げに関わる不正の事実を知った歳川一郎は退職を覚悟して、大城の部下である沼田に行章を託し、告発するよう願ったのではないか。

土地払い下げの案件を担当していた沼田と歳川は、頻繁《ひんぱん》に接触していた。意気投合したに違いない。

不正を告発しようとする以上、自分に何か危険が降りかかるかもしれないと歳川は予想していた。だから沼田に、自分に代わって正義を果たすようにと、行章を渡したのだ。形見《かたみ》のようなつもりだったのだろう。

歳川の予想は現実となり、ひき逃げに遭って亡くなってしまった。ついに告発は実行されなかった。

これは事故ではない、歳川は何者かに殺されたのだと、沼田は確信した。当然、不正を告発されては困る者の手によって。歳川は、さぞかし無念だったに違いない。

沼田は、歳川の遺志を継ぐ決意をした。恐ろしかった。しかし、正義を貫こうとした歳川の死を無駄にするわけにはいかない。それは銀行員としての誇りのためだ。正しい生き方をしなければ、一生後悔する。

人は誰でも、重大な決意をした時、誰かに話したいと思うだろう。とりわけ愛する人には、理解してもらいたいと願うはずだ。

それがたとえ、不正に関係している人物の身内であったとしても……。

不正の中心人物とは、如月満太だったのではないか。多恵は、彼の妹だ。

沼田は、多恵に不正告発の決意を伝えることで、もしかしたら満太を改心させることができるかもしれないと、一縷《いちる》の望みを抱いたのかもしれない。

あるいは反対に、多恵から励まされ、弱りかけた決意を奮《ふる》い立たせられると思った……否、そんな危険なことは止めてと懇願《こんがん》されることを望んでいた……。

他の人に多恵との関係を知られたくない沼田は、雪が降る寒い夜更《よふ》けに人目を忍ぶ場所で、多恵を待ちながら一人、佇《たたず》んでいた。

ただ、澤山が事件にどう関与していたかは、主水にも今一つ、推理が働かない。しかし、澤山が重要な役割を果たしていたに違いないという確信めいた思いはあった。

そこで主水は、多恵に罠《わな》を仕掛けることにしたのだ。美しい女狐——すなわち大城多恵を、穴から燻りだす作戦だ。

それによって澤山の事件への関与が分かる可能性がある。そう考えたのだ。

「キッチン欅」で多恵に会った時、彼女は落ち着き払っていた。今、改めて思えば、事件へのあまりの関心の無さに、不自然だと感じるべきだった。十二年もの間放置されていた、かつての同僚であり恋人であった沼田の事件なのだ。再調査しようと奮闘する主水に、もっと熱のこもったエールを送るのが普通の態度ではないのか。たとえ現在の夫、大城の前であったとしても……。

主水も多恵の美しさに惑わされ、判断が鈍っていたのかもしれない。香織が言った「綺麗な薔薇には棘がある」という警句を今更ながら噛みしめていた。

多恵は、主水たちの動きを、隆司を使って調べさせていた。

主水が新宿支店を訪問したと聞き、多恵は大いに動揺したという。まさかあの日主水と肩がぶつかっていたとは夢にも思っていないだろう。「キッチン欅」で見せた無関心さと主水の動向を探るという強い関心との間には大きなギャップがある。なぜなのか？　多恵を動かせば、その原因が判明するかもしれないと主水は考えたのだ。

主水は隆司に依頼して、多恵に偽の報告をしてもらった。

――主水さんは、新宿支店の澤山さんから重大なことを聞いたようです。

報告を受けた多恵は案の定、もっと詳しいことは分からないのかと、隆司に強く迫ったという。

――詳しいことは分かりませんが、沼田さんの殺害に関わる重大な事実ではあるようです。

隆司が答えると、多恵の顔はみるみる青ざめていった。そして外に飛び出し、どこかへ電話をかけ始めた……。

隆司から報告を受けた主水は、香織と一緒に新宿支店に向かい、客を装って張り込んでいた。多恵は必ず新宿支店にやってくると予想したのだ。

予想は見事に当たった。今、すぐ近くに多恵はいる。心ここにあらずという状態で主水たちに気づく様子はない。苛立《いらだ》ちが色濃く表情に表れ、美しさは険しさに変わっている。誰かを待っているのだ。

「来ました、来ました」

主水の隣に座る香織が囁《ささや》いた。

澤山が急ぎ足で二階から駆け下りてきた。緊張し、焦りに焦っている様子が窺《うかが》える。

多恵が立ち上がった。目を吊り上げ、冷酷な鬼女のように澤山を睨みつけると、顎《あご》の動きだけで外に出るように命じた。

澤山は頷き、怯《おび》えたように周囲を窺いながら、多恵の後にしたがって小走りに支店の外に出た。

「行きましょう」

主水は立ち上がった。香織は無言で頷いた。

5

木村刑事は、新宿百人町《ひゃくにんちょう》にある古びたビルの前に立っていた。天照竜神会が本部を構えるビルである。見るからに異様な外観で、道路側の窓は鉄板で補強されている。鋼鉄製と思われる無粋《ぶすい》な入口があるだけだ。まるで要塞《ようさい》だなと木村は思った。

木村の背後には、数十人の機動隊員が待機している。また、本庁から派遣された刑事たちもいる。

彼らの表情は明るい。今から始まる天照竜神会本部事務所への強制捜査を待ち望んでいるのだ。天照竜神会は、今まで巧みに警察の捜査を免《まぬが》れてきた。警察が事務所に足を踏み入れるのは、今回が初めてのことなのだ。

＊

歳川一郎のひき逃げ事故には、天照竜神会が関与していたのではないか。金原荘平を見かけた主水は、木村に仮説を伝えた。それが捜査の端緒《たんしょ》となった。

事故発生当時は、単純なひき逃げとして処理されていたから、捜査がおざなりになっていた。それを木村は、徹底して洗い直したのだ。そして目撃者を見つけ出し、遺留品から車を特定することができた。

歳川一郎を轢《ひ》いたのは、盗難車だった。

十二年も経《た》っていることを考えれば、歳川を轢いた車が見つかったことだけでも奇跡だった。それこそ歳川の執念《しゅうねん》とでもいうべきだろうか。

事故を起こしたのは、高級車のベンツだった。元の持ち主を手繰《たぐ》っていくと、天照竜神会の企業舎弟《しゃてい》に当たるバー経営者が浮かび上がった。

バー経営者を締め上げると「車を組の若い奴に貸した」と言う。その組員らが実行犯だと思われた。

木村は早速《さっそく》、逮捕状をとって指名手配をかけた。おそらく天照竜神会の本部かどこかに匿《かくま》われているのだろう。ただ、警察が捜していることを天照竜神会のボス町田一徹が知ったら、始末されてしまう可能性が高い。

そうなる前に捕まえたい。実行犯を締め上げて、如月満太の関与が明らかになればいいのだが……。

木村は祈るような心持ちだった。

奴らは馬鹿なミスを犯していた。ひき逃げに使った車を、町田からは「廃車にするように」と指示されていたのだが、惜《お》しいと思ってこっそり修理に出し、転売していたのだ。

実行犯が利用していた自動車整備会社にも、やはり天照竜神会の息がかかっていた。自動車窃盗《せっとう》を裏稼業としているベテランだった。

木村は車の転売先を追って、現在の車の持ち主に辿《たど》り着いた。車を調べさせてもらうと、塗料の一部などが、事故現場に落ちていた遺留物と一致した。

しかも修理した個所からは、歳川の血液反応まで出たのである。これには捜査員みんなが驚いて、亡き歳川の執念に手を合わせずにはいられなかった。

警察が天照竜神会の強制捜査に踏み切ることを、木村は昨夜、主水に電話で伝えた。主水がスマホを手に小躍《こおど》りしているのが見えるようだった。

――なんとしてでも、実行犯のチンピラだけではなく、大本《おおもと》を捕まえてください。私の方は、沼田さん殺害の犯人を追い詰めますから。

電話の向こうで、主水は勢い込んで誓っていた。

木村は、歳川と沼田の事件は同根だと考えていた。今回の強制捜査で何が出てくるか、楽しみでならない。

「さあ、行くぞ。捜査開始！」

木村は、機動隊員や刑事たちに向け、威勢よく号令を発した。

*

6

多恵と澤山は、支店近くのカフェに入り、深刻そうに顔を突き合わせていた。

遠く離れたテーブルに座って盗み聞きしている主水の耳には、小声でひそひそ話す声はほとんど聞こえない。ただ「しっかりしなさいよ」と澤山を叱《しか》る、多恵の鋭く高い声だけははっきりと聞こえた。カウンターに立つ店員までもが一瞬、驚いたような顔で多恵を見やる。

「澤山さん、ひどく叱られているみたいですね」

主水の対面に座った香織が囁く。

「そのようですね。予想通りです」

「あっ、多恵さんが出ていきますよ。どうしますか？」

香織が焦った。

主水が横目で盗み見ると、多恵がテーブルのレシートをむしり取るように摑《つか》んだところだった。多恵はつかつかとレジに歩み寄って支払いを済ますと、険しい表情のままカフェを出ていった。

「さあ、行きましょう」

主水が立ち上がった。

「どこへ？」

香織は主水を見上げて訊いた。

「沼田さんを殺した犯人のところへですよ」

主水が微笑した。

「えっ」

絶句する香織をよそに、主水は澤山のテーブルに近づいていく。香織も慌てて主水に従った。

澤山は、首が折れてしまったかと思うほど、深く項垂れている。

主水は澤山の正面に立ち、呼びかけた。

「澤山さん」

主水を見上げた澤山の顔からは血《ち》の気《け》が引いていて、まるで白蠟《はくろう》のようだった。白目には血管が浮き出ており、赤く染まっている。すっかり泣き腫《は》らしたように見える。

「あっ！」

驚いて逃げ出そうとする澤山の肩を、主水は手を伸ばしてがっちりと摑んだ。

「澤山さん、逃げてはだめだ。もう、楽になりましょう」

主水は穏やかな声で諭《さと》した。

その一言を聞いた澤山は、椅子《いす》に座り直した。肩から力が抜け、幾分か、顔に血の気が戻ったように赤らんできた。

主水は、先ほどまで多恵が座っていた椅子に腰を下ろした。

「主水さん、警察に同行してくれますか？　私一人では行けそうにありません」

澤山が掠《かす》れ声を絞り出した。

「はい。ご一緒しましょう」

主水は優しく頷いた。

すると澤山はテーブルに顔をぶつけるように俯《うつむ》き、声を上げて泣き出した。店内の客たちが驚き、何事かと一斉に振り向いた。主水は、彼らの視線から守るかのように手を差し延べ、澤山の背中を撫でている。

「私、私、そんなつもりじゃなかったんです。沼田を脅《おど》すだけでよかったんです」

澤山は泣きながら、事件当日のことを話し始めた。

「分かっていますよ」

主水は優しく目を細めた。

香織は、思わず緊張で体が硬くなるのを覚えた。目の前にいる人物は、十二年もの間、心に重くのしかかっていた重石を、今まさに取り除こうとしているのだ。

7

右手に花束を持った主水は、高田通りをゆっくりと歩いていた。もう一方の手には朝刊を握りしめている。

「主水さん！」

背後から香織と難波、そして椿原美由紀が追いかけてきた。

主水は立ち止まって振り返ると、花束を持った手を高く掲《かか》げた。

「沼田さんにいい報告ができますね」

香織が笑顔を見せた。

「今朝の朝刊に、コスモスエステートの大城社長の退任が発表されていましたね」

美由紀は、主水が手にした朝刊に目をやっている。

「ええ、読みました。権力争いに利用されたみたいで、ちょっと不愉快ですが……」

「これで歳川さんの死の真相が明らかになるでしょうから、良かったと考えるべきです」美由紀は、やや硬い笑みを浮かべた。「大城社長の退任後、コスモスエステートは、第七明和銀行の子会社として再出発することになります。あの会社の内実を心配されていた吉川頭取は、腹心を送り込んで、徹底的に実態を洗い、問題を明らかにするおつもりのようです」

「そうですか。いずれにしても会社が良くなればいいですね。蕨川さんもこれで浮かばれるでしょう」

　主水は頷いて、再び歩き出した。香織と美由紀、難波もそれに続く。

「如月社長は逮捕されましたが、大城社長も逮捕されるのでしょうかねぇ？　いったいどうなっているのか、主水さん、詳しく説明してくださいよ」

　難波が問いかけた。

「天照竜神会本部への強制捜査で、木村刑事が指名手配をかけていた実行犯が捕まりましたね」主水は歩きながら、木村から聞いた顚末《てんまつ》を明かした。「なんとその男は、若頭《わかがしら》にまで出世していたそうです。指名手配をかけられた男は、匿われていたのではなく、堂々と幹部になっていたというわけです。ひき逃げを装った蕨川さん殺害がどれだけ天照竜神会に利益をもたらしたのか、それで分かるというものです。警察の取り調べに対しその男は『蕨川さん殺害を如月満太に依頼された』と供述しました。あの夜、自宅にいた蕨川さんは、大城に呼び出されました。暗闇の中で蕨川さんが話していた相手とは、大城だったのです。そこに車が突っ込み、蕨川さんを撥《は》ね、殺害した。木村刑事によると、大城は事故への関与を強く否定しているようですが、殺人の共犯での逮捕を免れることはないでしょう。また、如月と共謀した事実はないと主張しているようですが、無理がありますね。少なくとも歳川さんが撥ねられた現場から、瀕死《ひんし》の歳川さんを置き去りにして逃走したわけですからね」

「もしその時、大城が救急車を呼んでいたら、歳川さんは亡くならなくて済んだかもしれないのに……。ひどい話です」

香織が眉根を寄せた。

「今はまだ捜査中ですが、今回の事件で最大の罪を犯したのは如月多恵です」主水が吐き捨て、憤《いきどお》りをあらわにした。「多恵は、沼田さんと恋人関係にあったところが大城が自分に気があると知り、大城とも関係を持ったのです」

「若い行員より出世している支店長の方がいいと思って、乗り換えようとしたのですね」

難波も腹立たしげに言った。

「まあ、そうでしょうね」主水が苦い顔で頷いた。「そこに旧郵政公社の土地払い下げの話が登場するわけです。本部では、郵政民営化に伴う取引獲得で、他行としのぎを削っていた。その責任者が歳川さんでした。ところが残念ながら、歳川さんは他行の後塵《こうじん》を拝していた。焦っていたのです。一方、天照竜神会に通じ、不動産業を営んでいた多恵の兄、如月満太は、高田町にある旧郵政公社の土地を、どうしても手に入れたいと思っていた。そこで多恵は、兄のためにひと肌脱ごうと考え、大城に協力を依頼したのです。大城は、多恵との関係を深め、かつ払い下げを成功させて自分の成果とするために、一挙両得を目論《もくろ》んだわけです」

「大城、満太、多恵の三者の欲が一致したわけですね」

香織が言った。

「その通りです」交差点で信号を待ちながら、主水は説明を続けた。「しかし、尋常《じんじょう》な手段では、街の不動産屋に、国の財産ともいえる土地が払い下げされる可能性は皆無《かいむ》です。そこで満太は、自分の親分である天照竜神会の町田一徹に相談しました。儲けの匂いを嗅《か》ぎとった町田は、満太と大城に、当時、選挙資金に苦しんでいた民自党の品川弥一を紹介したのです。品川は、旧郵政公社に影響力を持っていました。彼は、資金提供を条件に、口利きを確約したというわけです」

信号が青になり、一同は再び歩き始める。

「そこで彼らが考え出したのが、この間、頭取のところに送られてきた、SPC

を巧妙に利用したスキームなのですね」本店で事態を見守ってきた美由紀が口を挟んだ。「あれで資金を捻出《ねんしゅつ》し、大城と満太は、民自党の品川に提供したというわけですね」

「そうです」主水は首肯《しゅこう》した。「大城と同期だった歳川さんは、最初のうちは信用して、そのスキームで進めようとしたのでしょう。しかし経営会議にかけるべきなのに審査部だけで決裁しようとしたりするのを見て、不正な資金の流れに疑念を抱くようになり、このままではいけないと、頭取に告発しようとしたのでしょう。その結果、殺されてしまったのです」

「歳川さんの遺志を受け継いだ沼田さんは、なぜ澤山に殺されることになったのですか？」

沈痛《ちんつう》な面持《おもも》ちで香織が訊いた。

「歳川さんは、信頼する沼田さんに行章を渡したことから分かるように、退職を覚悟して告発する考えだった。ところが告発は叶わず、非業の死を遂げてしまった。そこで、沼田さんは、どんなことがあっても歳川さんの遺志を継ごうと考えていました。そこで、この件を、事もあろうに同僚で恋人である多恵に相談したのです。まさか多恵が自分を裏切って大城と一緒になろうとしているとは、夢にも思っていなかったでしょうね。多恵は、馬鹿なことは止めなさいとかなんとか、説得を試みただろうと思います。しかし沼田さんは翻意《ほんい》しない。そこで多恵は、沼田さんの同期でありライバルであった澤山に、説得というか脅しを頼んだのでしょう。澤山は、大城支店長に可愛《かわい》がられている沼田さんを、同期とはいえ、快《こころよ》く思っていなかった。その心理を巧みに利用した多恵は、沼田を何とかしてくれれば、大城の覚えもめでたくなって出世できると口説《くど》いたのでしょう。事件当夜、多恵に呼び出されて待っていた沼田さんの前に現れたのは、澤山だったのです。澤山は、本当は沼田さんを殺すつもりなどなかったのでしょう。しかし、どういうわけか護身用にナイフを持っていた。それが災いしました。言い争っているうちに、思わずそのナイフで沼田さんを刺してしまった……というわけです」

主水は、目を閉じた。

多恵の口車に乗った澤山のことを憐《あわ》れにも感じたのである。

「沼田さん、無念だったでしょうね。一番信頼していた多恵に裏切られたわけですから」

香織が目を伏せた。

「主水さんは、どうして澤山が怪しいと思ったのですか？」

美由紀が訊いた。

目を細めてにやりとした主水は、難波を見た。

「難波課長の一言がきっかけですよ。同期は表向き仲が良さそうに見えても、実際はライバルで、仲は良くない……」

「あの一言が効きましたか。私も主水ホームズを補佐するワトソン博士に肩を並べましたね」

難波は、明るい表情で胸を反《そ》らした。

「でも、一番の悪者とも言える多恵は、罪に問われないんでしょう？」香織が悔しそうに表情を歪めた。「満太が逮捕されたので、如月不動産の社長になってしまいました」

「そうでしょうね」主水も悔しげに目を伏せた。「多恵自身は、何も手を下していませんからね。殺人を教唆《きようさ》したわけでもない……。少し嫌な気持ちですね。女性は怖いなんて言うとジェンダーハラスメントだと非難されそうですが、今回の事件に関しては、全て彼女が起点になっています」

「やっぱり綺麗な薔薇には棘があるんですよ」

香織が例の警句を再び口にして主水を一瞥《いちべつ》した。

「そうですね」主水は納得せざるを得なかった。

祠に着いた。

一人の男が待ち受けていて、鋭い目つきで主水たちを睨《にら》んでいた。

「主水さん、あの男は？」

難波が警戒して声をひそめた。

「ええ、多恵より数倍、悪い奴ですね」

主水は、祠の前に立つ男――金原荘平を見つめた。

金原が近づいてきた。

「こっちへ来ますよ」

難波が身構える。

「大丈夫です。何もしませんし、できやしません」

主水は一歩も動かなかった。香織と美由紀が、主水の背後に身を隠した。

「主水さん、今度もまたいろいろやってくれましたね」

金原は、目を細めた。笑っているように見えるが、決してそうではない。

「どなたか存じあげませんが」

主水は言った。

「ああ、どうも、それはすみません」金原は、照れたように頭を掻《か》いた。「私は、衆議院議員で民自党幹事長、品川弥一の秘書、金原荘平と申します。主水さんとは、何度かお会いしておりますが、お忘れですか？　私は、てっきりご存じだと思い込んでいました」

　金原は、まるで旧来の友人に久しぶりに会ったかのように、親しげに言った。

「それで金原さん、私が何かしましたか？」

「とぼけなくてもいいじゃないですか」金原が笑った。「今回のことは大城や如月の欲に絡んだ事件として決着しますから。品川まで累《るい》が及ぶことは絶対にありません。吉川頭取も、これ以上、騒ぎを大きくすることは望んでおられないですからね」

　金原は「じゃあ、お元気で」と言い残して去っていった。

「金原！」

　その背中に向かって、主水は声を張り上げた。金原が足を止めて振り返った。

「巨悪は眠らせない。絶対に」

　主水は力強く断言した。

「昔から『悪い奴ほどよく眠る』と言いますからね」不敵に薄く笑った金原は、

背中を見せてゆっくりと去っていった。

「不快な奴ですね。塩があれば撒《ま》きたいです」

難波が憤慨《ふんがい》して口走った。

「主水さん！」

そこへ、高田町ファーストビルの方から急ぎ足でやってくる二人の男の影があった。北林と菱沼だ。

「お久し振りです。ようやくこの日を迎えることができました。本当に感謝します」

菱沼が、主水たちに頭を下げた。

「いえいえ、お礼には及びませんよ。私たちの方こそ、お礼を申し上げないといけません。事件を解決することで私たちは、第七明和銀行の行員としての誇りを取り戻すことができました」

難波が、しゃしゃりでた。

「そういっていただければ父も本望でしょう」

菱沼は笑顔を見せた。

「気づきましたか？」

北林が、意味深な笑みを浮かべている。

「なに？」目を凝《こ》らした美由紀が「あっ」と菱沼のスーツの襟《えり》を指さした。そこには、歳川が沼田に託した旧第七銀行の行章が輝いていた。

「本来の持ち主であるべき菱沼さんにお返ししたのです」北林が嬉しそうに言った。そして祠に向き直り「沼田さん、これでよかったのですね」と言葉をかけた。

祠の中で何かが動いたのだろうか、コトリという音がした。

「沼田さん、喜んでおられるようですね」

主水が言った。

「父と沼田さんの笑顔が見えるようです」

菱沼は、襟につけた行章を愛《いと》おしそうに触り続けていた。

この作品は、『小説ＮＯＮ』（小社刊）二〇二〇年十二月号から二〇二一年五月号に連載され、著者が刊行に際し加筆・修正したものです。また本書はフィクションであり、登場する人物、および団体名は、実在するものといっさい関係ありません。

一〇〇字書評

切・り・取・り・線

庶務行員　多加賀主水の凍てつく夜

購買動機（新聞、雑誌名を記入するか、あるいは○をつけてください）

□（　　　　　　　　　）の広告を見て	
□（　　　　　　　　　）の書評を見て	
□ 知人のすすめで	□ タイトルに惹かれて
□ カバーが良かったから	□ 内容が面白そうだから
□ 好きな作家だから	□ 好きな分野の本だから

・最近、最も感銘を受けた作品名をお書き下さい

・あなたのお好きな作家名をお書き下さい

・その他、ご要望がありましたらお書き下さい

住所	〒				
氏名		職業		年齢	
Eメール	※携帯には配信できません		新刊情報等のメール配信を 希望する・しない		

この本の感想を、編集部までお寄せいただけたらありがたく存じます。今後の企画の参考にさせていただきます。Eメールでも結構です。

いただいた「一〇〇字書評」は、新聞・雑誌等に紹介させていただくことがあります。その場合はお礼として特製図書カードを差し上げます。

前ページの原稿用紙に書評をお書きの上、切り取り、左記までお送り下さい。宛先の住所は不要です。

なお、ご記入いただいたお名前、ご住所等は、書評紹介の事前了解、謝礼のお届けのためだけに利用し、そのほかの目的のために利用することはありません。

〒一〇一－八七〇一
祥伝社文庫編集長　清水寿明
電話　〇三（三二六五）二〇八〇

祥伝社ホームページの「ブックレビュー」からも、書き込めます。
www.shodensha.co.jp/bookreview

祥伝社文庫

庶務行員《しょむこういん》　多加賀主水《たかがもんど》の凍《い》てつく夜《よる》

令和 3 年 8 月 20 日　初版第 1 刷発行

著　者　江上《えがみ》　剛《ごう》
発行者　辻　浩明
発行所　祥伝社《しょうでんしゃ》
東京都千代田区神田神保町 3-3
〒 101-8701
電話　03（3265）2081（販売部）
電話　03（3265）2080（編集部）
電話　03（3265）3622（業務部）
www.shodensha.co.jp

印刷所　萩原印刷
製本所　ナショナル製本
カバーフォーマットデザイン　芥　陽子

Printed in Japan ©2021, Go Egami　ISBN978-4-396-34746-8 C0193